Dominación y Sumisión Erótica Vol. 8

Erika Sanders

ERIKA SANDERS

Dominación y Sumisión Erótica
Vol. 8

Erika Sanders
Serie
Dominación y Sumisión Erótica

Sinopsis

Es una recopilación de novelas de fuerte contenido erótico BDSM pertenecientes a la colección Dominación y sumisión erótica, una serie de novelas de alto contenido BDSM romántico y erótico.

Esta recopilación contiene las novelas:
- Fotógrafa BDSM.
- Fantasía BDSM.
(Todos los personajes tienen 18 años o más)

Nota sobre la autora:

Erika Sanders es una conocida escritora a nivel internacional, traducida a más de veinte idiomas, que firma sus escritos más eróticos, alejados de su prosa habitual, con su nombre de soltera.

Índice:

DOMINACIÓN Y SUMISIÓN ERÓTICA VOL. 8
ERIKA SANDERS

FOTÓGRAFA BDSM
POR
ERIKA SANDERS

PRIMERA PARTE
La oferta de trabajo

CAPÍTULO 1

Julia se sentó en el cuarto oscuro de su pequeño estudio de fotografía mientras revelaba imágenes fotográficas.

La fotografía siempre había sido su pasión, y la convirtió en su carrera.

La muchacha de treinta años observaba atentamente mientras se completaban las imágenes.

Los colgó para que se secaran y se tomó un momento para admirar su trabajo para una familia amorosa.

Julia detuvo su trabajo cuando escuchó sonar la campana después de que se abriera la puerta principal.

Fue a la recepción y vio a una mujer ejecutiva de unos cuarenta años, vestida como alguien que trabajaba en una oficina muy elegante.

"Buenas tardes", dijo Julia con una cálida sonrisa. "Bienvenida a mi estudio de fotografía. Mi nombre es Julia. ¿En qué puedo ayudarla?"

La mujer profesional le devolvió la sonrisa.

"Hola Julia. Me llamo Catherine".

Se dieron la mano mientras Julia se paraba detrás del mostrador.

"Un placer conocerte, Catherine. ¿Hay algo que pueda hacer por ti hoy? ¿Estás buscando algo en particular?"

"En realidad lo estoy. Me encanta tu trabajo. Creo que eres excelente para tomar retratos y capturar momentos especiales".

Julia se sonrojó.

"Gracias. ¿Estás aquí por recomendación?"

"Investigación, en realidad. Creo que las imágenes que tienes en tu sitio web son geniales. Eres una mujer muy talentosa".

"Hago lo mejor que puedo".

"Entonces, ¿cómo funciona este proceso?" Catherine preguntó. "¿La gente se contacta contigo, te dice lo que quiere y luego les sacas fotos? Soy nueva en esto, obviamente".

"Por lo general, así es como funciona. A veces las personas vienen a mi estudio si quieren tomarse retratos, o a veces me contratan para ir a su domicilio".

"¿Qué tipo de fotos sueles tomar?"

"Depende", respondió Julia. "Si tengo que salir, generalmente es para bodas, ceremonias, graduaciones, cosas así. En mi estudio, generalmente tomo retratos familiares".

"¿Te importa si te hago una pregunta personal?"

"Adelante."

"¿Ganas mucho dinero haciendo esto?"

"Es una vida digna".

"Julia, no voy a malgastar tu tiempo", dijo Catherine en un tono de negocios. "Estoy buscando contratar a un fotógrafo para una serie de sesiones fotográficas. Pagaré un buen dinero y requiero discreción completa. Todas las imágenes estarán orientadas a adultos".

"Eso no debería ser un problema", respondió Julia con confianza. "He hecho mucho trabajo de desnudos antes. Me siento cómoda con ese tipo de cosas".

"¿Qué tipo de experiencias tienes al respecto?"

"En la universidad tuve algunas clases de arte de desnudos. En mi carrera de fotografía, tomé retratos sensuales de desnudos para mujeres. Es una solicitud bastante común. Asumo que quieres algo así".

Catherine sonrió.

"No del todo. Lo que hago implica un poco más de erotismo".

"¿Es pornográfico?" Julia preguntó con cautela.

"No soy una persona a la que le guste poner etiquetas a las cosas. Exploro los límites de la sexualidad humana de una manera muy particular. Tengo amigos especiales y me gustaría que documentes algunas de nuestras sesiones con tu conjunto único de habilidades. como fotógrafa ".

Julia estaba un poco desconcertada.

"No puedo. Lo siento. Sin ofender, pero probablemente no podría hacer mi mejor trabajo en ese entorno".

Catherine buscó dentro de su bolso y colocó una tarjeta de negocios sobre la mesa.

"Gracias por tu tiempo", respondió Catherine cortésmente. "Como artista, esperaba que tuvieras una mente abierta a todas las formas de arte que involucran al cuerpo humano. Si tienes curiosidad por lo que hago, llámame. Todavía espero que podamos trabajar juntas eventualmente. Que tengas un gran día."

"Tú también. Gracias por venir. Pido disculpas por no poder ayudarte".

"No te disculpes. Esto no es para todos. En el reverso de mi tarjeta he escrito la cantidad que pagaría por tus servicios. Piénsatelo".

Dicho esto, Catherine se volvió y salió del pequeño estudio.

Había sido la oferta más inusual que Julia había recibido desde que comenzó su propio negocio de fotografía.

Nunca antes había sido solicitada por algo abiertamente sexual.

Cogió la tarjeta y la miró.

Para su sorpresa, Catherine tenía una posición de alto nivel en un importante banco de inversión de la ciudad.

Julia volteó la tarjeta y vio el precio que Catherine estaba dispuesta a pagar, y la sorprendió.

CAPÍTULO 2

Más tarde estuvo pensando aquella noche.

La curiosidad todavía estaba en la mente de Julia antes de acostarse, a pesar de que una parte de ella quería mantenerse alejada de Catherine.

Fue a la basura donde la había tirado y sacó la tarjeta de presentación de Catherine, que la había convertido en una bolita.

La desdobló y echó otro vistazo.

Luego fue a su computadora para una revisión rápida.

Después de una breve búsqueda, Julia encontró la página de LinkedIn de Catherine.

Catherine era una ejecutiva mujer de negocios experimentada con una alta posición en un importante banco de inversión.

La cantidad de experiencia que Catherine tenía de un alto nivel fue sorprendente para Julia.

Julia continuó su búsqueda en línea y encontró la página de Facebook de Catherine, que estaba abierta a todos.

Miró a través de las fotos personales de la mujer de negocios.

Catherine era hermosa, elegante, sofisticada, con un aura dominante.

Julia se preguntó por qué una mujer así estaría interesada en tomar fotografías explícitas.

Pero, evidentemente, todos tienen sus secretos, pensó Julia.

La intriga fue suficiente para que Julia cambiara de opinión.

Después de todo, ¿qué tan sórdidas podrían ser estas imágenes?

Seguramente tenían que ser de buen gusto.

Abrió su correo electrónico y le escribió un mensaje a Catherine:

"Hola Catherine

Espero que lo estés pasando bien. Soy Julia del estudio de fotografía. He pensado mucho en tu oferta y podría reconsiderar mi postura sobre el tema, si todavía estás interesada en trabajar conmigo. Pero primero, tengo algunas preguntas. ¿Hay un momento apropiado de cuando podemos hablar por teléfono? ¿O te gustaría continuar comunicándote por correo electrónico? Házmelo saber.

Cuídate,

Julia"

Miró el reloj y ya eran las once y veinticinco de la noche.

Julia apagó su computadora y echó otro vistazo a la tarjeta de visita.

Le dio la vuelta y miró la nota escrita a mano de Catherine: Quinientos dólares por hora.

Solo había vuelto más curiosa cuando se fue a la cama.

CAPÍTULO 3

La mañana siguiente fue una mañana típica para Julia.

Cuando no había clientes potenciales o clientes en su pequeño estudio, pasaba su tiempo en el cuarto oscuro revelando más fotos.

Era un trabajo tedioso, pero ella lo disfrutaba.

Cuando terminó, dejó el cuarto oscuro y miró su computadora portátil que estaba sobre su escritorio.

Había varios correos electrónicos nuevos.

Los ojos de Julia recorrieron brevemente la lista de mensajes, que en su mayoría estaban relacionados con el trabajo.

Lo que instantáneamente llamó su atención fue la respuesta por correo electrónico de Catherine.

Ella la abrió:

"Julia

Me alegra que hayas reconsiderado mi oferta. Es mejor si nos reunimos en persona para discutir esto. Ven a mi oficina el viernes a las ocho de la mañana. Te daré una cita para que la recepción y mi secretaria te dejen entrar.

Catherine"

El breve correo electrónico fue más que suficiente para despertar el interés de Julia una vez más.

Metió la mano en su bolso para buscar en la tarjeta de presentación de Catherine la dirección de su oficina en el centro.

Ella usó Internet y buscó las instrucciones para llegar allá desde su casa, y se aseguró de mantener su horario despejado para el viernes por la mañana.

SEGUNDA PARTE
La sala de esclavitud

CAPÍTULO 4

Julia estaba nerviosamente parada en el elevador mientras éste subía en el gran edificio.

Llevaba una camisa abotonada con una falda de oficina para verse apropiada en el entorno corporativo.

Cuando el elevador finalmente llegó al piso, Julia tímidamente buscó la oficina de Catherine en el área extraña para ella.

Cuando la localizó, se acercó a una joven secretaria que le permitió entrar a la oficina.

Silenciosamente tragó saliva cuando entró y se dio cuenta de que acababa de interrumpir el trabajo de oficina de Catherine, fuera lo que fuese en ese momento.

"Por favor, toma asiento", dijo Catherine cortésmente desde detrás de su escritorio. "Me alegra que hayas cambiado de opinión sobre una posible relación".

Julia se sentó y se relajó.

"Bueno, lo pensé y me di cuenta de que probablemente sea algo de buen gusto".

"Mira mi oficina. Por supuesto, todo lo que hago es de buen gusto", dijo la mujer de negocios en tono de broma.

"Definitivamente puedo ver eso."

"Y estoy segura de que el dinero que ofrezco ha ayudado a convencerte, ¿es correcto?"

Julia se sonrojó.

"Eso es parte de ello".

"Bien", asintió Catherine. "Aprecio tu honestidad. No hay vergüenza en querer más dinero".

"El dinero siempre es bueno. No soy exactamente rica. Pero más que nada, me encanta el arte de la fotografía. Me encanta capturar imágenes de personas que durarán toda la vida. Pareces una persona realmente interesante y contar tu historia con mis fotos era una oportunidad que simplemente no podía dejar pasar".

"Sabía que elegía a la mujer adecuada para el trabajo", sonrió Catherine.

"¿Te importaría darme una idea de lo que quieres? Entiendo tu necesidad de discreción dado el tema. Pero en este punto, me gustaría saber en qué me estoy metiendo".

"¿Estás familiarizada con la esclavitud y el estilo de vida BDSM?"
Julia se sorprendió.

"Sí lo estoy."

"¿Qué me puedes decir al respecto?"
Julia pensó por un momento.

"No mucho. Solo sé las cosas cliché que veo en la televisión. Ya sabes, látigos, cadenas, cuero. Ese tipo de cosas".

"Eso es solo un pequeño aspecto del fetiche", explicó Catherine. "El verdadero BDSM se trata de dominación y sumisión. Se trata de la pérdida de poder y de entregarse completamente a otra persona. De manera segura y consensuada, por supuesto. Los látigos y las cadenas son meras herramientas para lograr un objetivo específico".

"¿Es, como, una ama o algo así?" Julia preguntó en un tono tímido.

"No me gustan las etiquetas. Pero creo que encajaría con esa descripción. ¿Eso te molesta?"

"En absoluto. Umm, creo que el empoderamiento femenino es una gran cosa".

"Yo también", asintió Catherine. "Y vas a ver un gran empoderamiento femenino cuando vengas a mi habitación especial. La mayoría de mis sumisos son empresarios poderosos en su vida cotidiana. Se molestan en hacer que los ponga de rodillas en privado".

"¿Y tú?"

"¿Yo qué?"

"¿Te sometes también?" Julia preguntó.

Catherine sonrió.

"Por supuesto que sí. No estaría haciendo esto si no amara cada segundo".

"¿Cómo funciona esto? Quiero decir, ¿vienen a visitarte? ¿Entonces qué? ¿Les pegas o algo así?"

"Tengo una sala especial de esclavitud en mi ático", respondió Catherine. "Me encuentro con diferentes sumisos del mundo corporativo. Es algo exclusivo. Usualmente los fines de semana. Solo por una hora".

"¿Por qué una hora?" Julia preguntó.

"Es la cantidad de tiempo perfecta, en mi opinión. Si durara demasiado, las cosas comenzarían a doler, de mala manera. Si fuera demasiado corto, no habría suficiente juego previo para construir cosas. Una hora es la cantidad de tiempo perfecta para construir un clímax increíble ".

"Suena provocativo".

"Espera hasta que lo veas", dijo Catherine. "Llevo una máscara dorada. Es como un alter ego que tengo. Una vez que la máscara está puesta, me convierto en una persona diferente. Si la gente piensa que soy una perra en la oficina, espera hasta estar en mi cuarto de esclavitud conmigo con la máscara puesta y un látigo en la mano. Me convierto en algo completamente distinto ".

Julia se sintió atraída por Catherine.

Era un nuevo mundo de libertad sexual sin las restricciones de las inhibiciones personales.

Lo rechazaba de alguna manera, pero al mismo tiempo, era completamente fascinante.

No podía esperar para verlo y capturarlo en la cámara.

"Quieres que fotografíe toda la experiencia, ¿verdad?" Julia preguntó, para dejarlo claro.

"Quiero que fotografíes todo, excepto los rostros. La discreción es de suma importancia, ya que mis sumisos son en su mayoría individuos ricos. No se te permitirá saber quiénes son. Estarán enmascarados todo el tiempo".

Los dedos de Julia se movieron nerviosamente.

"Seré honesta. Todo esto me parece extraño. Nunca me han pedido que forme parte de algo así antes. Ni siquiera he visto estas cosas en video, que no significa que no haya visto pornografía. Todo es muy nuevo para yo."

"Entonces te envidio", respondió Catherine.

"¿En serio? ¿Por qué?"

"Porque explorarás esto por primera vez, con ojos vírgenes".

"Definitivamente ese será el caso", respondió Julia.

"Dime, ¿estás satisfecha con tu vida sexual?"

"¿Qué quieres decir?"

"¿Estás satisfecha sexualmente?" Catherine preguntó sin rodeos. "¿Te corres cómo quieres? ¿Te gustaría tener mejores orgasmos? ¿Te gustaría que alguien te jodiera en cuerpo y alma?"

Julia se sorprendió por la línea de preguntas de la respetable mujer de negocios.

"Mi vida sexual podría ser mejor", admitió. "Estoy soltera. No he salido en mucho tiempo. Es el precio personal que pago por administrar mi propio negocio".

"Así que probablemente te masturbas mucho".

"Mas o menos."

Catherine tomó un bolígrafo y un bloc de notas y comenzó a escribir.

Una vez que terminó, le entregó la nota a Julia.

"Esa es la dirección de mi apartamento", dijo Catherine. "La próxima sesión es el sábado a las diez de la noche. No llegues tarde. Se te pagará quinientos dólares por toda la hora. Toma fotos de lo que quieras, excepto las caras o cualquier cosa que pueda usarse para identificar a alguien. Las imágenes me pertenecerán exclusivamente. Así que no las publique en ningún lado. Mi secretaria tendrá un contrato y formularios de confidencialidad listos para que los firmes cuando salgas de mi oficina. Eso será todo por ahora ".

Julia se puso de pie.

"Gracias. Espero ansiosa nuestra reunión del sábado".

Catherine también se levantó, y las dos mujeres se dieron la mano para cerrar informalmente el trato.

"Una cosa más, usa un lindo vestido cuando vengas. Quiero que te veas bien".

La mirada en la cara de Julia cambió.

En ese mismo momento, acababa de darse cuenta de en qué se estaba metiendo.

CAPÍTULO 5

Después de reunirse con la secretaria para firmar los formularios y acuerdos, Julia salió rápidamente del edificio corporativo para respirar aire fresco.

Su mente era una mezcla de emociones.

Tenía curiosidad, pero estaba nerviosa.

Estaba intrigada, pero reacia.

Se dio cuenta de que todo esto estaba en cabeza, pero ya era demasiado tarde para retroceder.

Ella ya había dado su palabra, había firmado los contratos y no había vuelta atrás.

La calle del centro estaba llena y ella observaba a los empleados corporativos caminar hacia sus destinos, mientras que ella permanecía inmóvil completamente nerviosa.

Julia vio una pequeña cafetería al aire libre y se acercó para hacer cola.

Necesitaba desesperadamente algo fuerte para beber.

En el momento en que Julia hizo cola, escuchó una voz que la llamaba desde atrás.

Se dio la vuelta y vio a la secretaria personal de Catherine acercándose a ella con una sonrisa.

La secretaria era sorprendentemente joven, de unos veinte años, y era muy hermosa.

"¿Olvidé firmar algo?" Julia preguntó, mientras la secretaria se acercaba.

"No. Todo eso ya está hecho. Estoy en mi hora de descanso y quería hablar contigo".

"Oh, ¿por qué?"

" Sé para qué te han contratado", dijo. "Cuando firmaste los documentos, parecías aterrorizada, como si estuvieras firmando un contrato por tu vida".

"¿Puedes culparme por sentirme así?"

La secretaria sonrió.

"Es un sentimiento normal. Sé exactamente por lo que estás pasando".

"¿Tú lo sabes?" Julia preguntó.

"Sí. Digamos que pasé por un extenso proceso de entrevistas para conseguir mi trabajo como secretaria de Catherine".

Julia no tardó mucho en establecer la conexión.

Inmediatamente se dio cuenta de que la hermosa joven secretaria era sexualmente sumisa con Catherine.

Julia hizo todo lo posible para evitar verse sorprendida.

"Entonces, ¿tú y Catherine?" Julia preguntó sugestiva y curiosamente.

La secretaria asintió orgullosamente.

"Solicité el trabajo sabiendo que no estaba calificada para trabajar para una mujer corporativa de primer nivel. Pero pensé que no tenía nada que perder. Me entrevistó personalmente. Me di cuenta de que le gustaba mi apariencia. Y antes de darme cuenta, firmé muchos de los mismos documentos que tú hiciste. Luego ella me dejó entrar en su mundo privado de aventura ".

"¿Por qué me dices esto? No quiero parecer grosera, pero esa no es exactamente la información que debería compartirse".

"Parece que podrías necesitar una amiga. No quiero que estés nerviosa".

"Gracias", respondió Julia. "Sin embargo, ya estoy nerviosa. No puedo evitar sentir que he cometido un gran error. No estoy segura de poder manejar un fetiche así".

"Pensé lo mismo cuando comencé a involucrarme con ella. Estaba aterrorizada cuando vi por primera vez su cuarto de esclavitud. Mis manos temblaban cuando comenzamos el proceso. Pero ahora, no puedo estar sin eso".

"¿Qué te hizo cambiar de opinión?" Julia preguntó.

"El placer."

CAPÍTULO 6

Sábado noche.

Julia fue al departamento con su cámara en su estuche, y llevaba un vestido amarillo que había comprado específicamente para la ocasión.

Eran las nueve de la noche.

Llegó una hora antes de la cita cuando subió por el ascensor.

Ser puntual era parte del trabajo.

Cuando llegó al piso, Julia caminó hacia el departamento de Catherine y llamó.

No tuvo que esperar mucho tiempo para que Catherine abriera la puerta descalza, con una bata de seda.

El cabello de Catherine estaba bien peinado, al igual que su maquillaje perfecto.

"Llegas temprano", sonrió Catherine.

"Siempre me gusta llegar temprano. ¿Es un problema? Siempre puedo volver un poco más tarde ..."

"No, no, está bien. Entra. Me alegra que llegues temprano. Nos da la oportunidad de hablar un poco más".

Julia entró en el apartamento y se maravilló de todo.

"Hermoso lugar", dijo Julia con admiración. "Esto es maravilloso. Nunca había visto algo así en la ciudad".

"Habrá muchas cosas esta noche que no has visto antes".

"Estoy segura de que tienes razón. ¿Puedo ver tu habitación de esclavitud? Me encantaría tomarle unas fotos ahora mismo".

"Todavía no", respondió Catherine. "Quiero que tomes fotos cuando todo comience, no antes".

"Bueno."

"¿Algo temerosa?"

Julia pensó por un momento.

"Ligeramente. Pero estaré bien. Sin embargo, definitivamente tengo curiosidad. Nunca he sido parte de algo como esto".

"Eres el tipo de mujer que va a disfrutar de esto. Puedo sentirlo".

"¿Qué te hace decir eso?"

"He estado haciendo esto por mucho tiempo", respondió Catherine. "Puedo saber mucho sobre los hábitos sexuales de las personas con solo mirarlas. Después de esta noche, estoy segura de que estarás ansiosa por volver. Te engancharás. Confía en mí".

Julia de repente se sintió incómoda por la suposición de Catherine.

Ella trató de seguir siendo profesional y seria.

"Entonces, ¿qué puedes decirme sobre el invitado de esta noche?" Julia preguntó, cambiando de tema.

"Es rico. Es un amigo mío desde hace mucho tiempo. Por lo general, recibo consejos de negocios de él, pero sexualmente, toma sus órdenes de mí. No verás su rostro y no conocerás su identidad".

"¿A qué hora llegará?"

"Ya está aquí", sonrió Catherine.

"¿Él está ...?"

Catherine hizo un gesto mirando hacia el pasillo.

"Está en mi habitación principal. ¿Quieres que echemos un vistazo?"

Ambas mujeres caminaron por el pasillo del lujoso departamento.

El ritmo cardíaco de Julia se disparó como si estuviera haciendo un ejercicio cardiovascular.

Su corazón latía rápidamente cuando Catherine abrió la puerta del dormitorio principal.

"Ahí está", dijo Catherine.

Julia casi se sorprendió cuando vio a un hombre de mediana edad sentado en la cama, vestido solo con su ropa interior.

Su rostro y cabeza estaban cubiertos con una máscara de cuero negro.

Había agujeros en él para que pudiera ver y hablar.

Miró directamente a Julia.

El cuerpo de él reflejaba su edad y su figura era suave y gordita.

Sus manos estaban atadas juntas por una cuerda.

"¿Qué piensas?" Catherine preguntó con una limítrofe sonrisa maligna.

"Yo ... no sé qué pensar".

"Bueno, ¿tienes miedo de lo que le haré? ¿Esto te excita de alguna manera? Debes tener algunas ideas al respecto".

"Ciertamente es una imagen muy provocativa".

Catherine sonrió.

"Si crees que esto es provocativo, espera hasta que comience el espectáculo. Sin embargo, aún no es hora".

Cerró la puerta del dormitorio y se quedaron en el pasillo.

"Mientras tanto", dijo Catherine, mirando el cuerpo de la fotógrafo. "Pensé que te había dicho que usaras un lindo vestido para esta noche."

Julia miró brevemente su vestido amarillo barato.

"Lo siento. Esto fue lo mejor que pude encontrar".

"No es lo suficientemente bueno. Sígueme".

Las dos mujeres se dirigieron hacia una habitación diferente al final del pasillo.

Era una habitación de invitados, que era tan impresionante como la habitación principal.

La habitación estaba ordenada y la cama parecía recién hecha.

Catherine abrió el armario y buscó brevemente entre la gran variedad de ropa cara.

Cuando encontró lo que estaba buscando, lo arrojó sobre la cama.

Era un vestido negro elegante y delgado.

"Póntelo", dijo Catherine. "No quiero que uses nada más que eso, ni siquiera tus zapatos".

"¿Qué pasa con mi sujetador y mis bragas?"

" Tampoco. ¿Será eso un problema?"

Julia sacudió la cabeza.

"No."

"Bien. Vístete en esta habitación. Volveré pronto una vez que me ponga las botas y me deshaga de esta bata".

"Bueno."

"¿Estás lista para esto?" Catherine preguntó.

"Lo estoy."

"Te ves incómoda. Está bien estar nerviosa. Pero si no quieres continuar, también está bien. Siempre puedo encontrar a alguien más e incluso te pagaré por esta noche".

Julia respiró brevemente.

"No. Quiero hacer esto. Me pondré el vestido y estaré lista cuando tú lo estés".

"Excelente", sonrió Catherine, antes de girarse para alejarse.

Julia se quedó sola en la lujosa habitación de invitados.

Miró el vestido negro que yacía en la cama y se preguntó cuánto valdría.

Parecía caro.

Bajó la cámara, luego se quitó el vestido amarillo y lo arrojó sobre la cama.

Se quitó los zapatos.

Finalmente, como Catherine solicitó, se quitó el sujetador y las bragas, y se quedó desnuda en la habitación.

Se quedó mirando su aspecto desnudo en el espejo, notando cuán normalita se veía.

Cogió el vestido negro y se lo puso, y luego se miró en el espejo otra vez.

Esta vez, ella se veía muy diferente.

Parecía una mujer de clase y elegancia.

"Hermosa", dijo la voz de Catherine desde el pasillo.

Julia se sorprendió de que la hubieran observado, pero no estaba segura de cuánto tiempo.

Sus ojos se abrieron de asombro cuando vio a Catherine con un corsé negro y largas botas negras.

La apariencia de Catherine estaba en marcado contraste con su atuendo profesional habitual.

"Oh, gracias", respondió Julia tranquilamente. "Te ves hermosa también".

"Ahora ya es la hora. He quitado el seguro de mi habitación especial. Está al final del pasillo. Espérame allí con tu cámara lista, y yo llevaré a nuestro invitado especial. Eres libre de tomar las fotos como tú quieras. No te daré instrucciones sobre cómo hacer tu trabajo. Depende de ti ".

"Gracias."

Catherine se hizo a un lado, indicándole a Julia que era hora de ir sola a la sala de esclavitud.

Julia respiró suavemente y, con su gran cámara en la mano, pasó junto a Catherine y se dirigió por el pasillo hacia la habitación abierta.

CAPÍTULO 7

La sala de esclavitud era grande y las paredes estaban cubiertas de acolchado negro.

Era una habitación muy bien iluminada.

Los ojos de Julia recorrieron los diferentes artículos y artilugios sexuales que estaban expuestos.

Había una gran variedad de consoladores, juguetes sexuales, cadenas y abrazaderas.

Había una silla y una mesa en la habitación, que eran los únicos muebles disponibles.

Había un gran reloj en la pared para garantizar que cada sesión durara exactamente una hora.

No fue hasta que oyó el sonido de los tacones de Catherine haciendo clic en el suelo que Julia recordó que tenía un trabajo específico que hacer.

Estaban llegando, y Julia preparó su cámara para tomar fotos.

Lo primero que vio Julia entrar en la habitación fue al hombre de mediana edad, con las manos aún atadas y la cara aún cubierta para proteger su identidad.

Julia tomó una foto de él.

Entonces Catherine entró en la habitación.

Llevaba una máscara de oro brillante que cubría su rostro, pero permitía que su cabello cayera libremente.

La máscara parecía como creada en el siglo XV aproximadamente para alguna familia real, pensó Julia.

Julia tomó fotos de Catherine guiando al hombre a la habitación y luego cerrando la puerta.

Julia observó con curiosidad cómo el hombre atado tenía que arrodillarse.

Catherine le ordenó ponerse de rodillas y permanecer en silencio.

Julia tomó más fotos.

Catherine se acercó a su colección de juguetes sexuales y buscó lo que quería.

Finalmente se decidió por un consolador largo de color carne.

Pero ella aún no había terminado.

Ató el consolador a un cinturón y luego se lo puso sobre su corsé de cuero.

Julia tomó más fotos.

"¿Estás listo esta noche?" Catherine le preguntó a su hombre sumiso.

"Mmm ... Hmmm ..." él murmuró en respuesta.

"Buen chico", dijo Catherine en un tono condescendiente. "Ahora quiero tu pequeño trasero inclinado sobre la mesa".

El hombre se puso de pie y se colocó sobre la mesa, con el estómago sobre ella y las piernas separadas.

El hombre demostró que había hecho esto varias veces antes, y que estaba disfrutando cada momento, sin importar cuán tormentoso o degradante pareciera la experiencia para una persona normal.

Catherine tomó una pequeña pala de madera y comenzó a golpear suavemente el trasero del hombre.

Al principio fue suave, como si a ella le importara su bienestar.

Con la pala comenzó a golpearlo más fuerte, luego más fuerte aún.

El hombre comenzó a hacer murmullos con la boca cuando los golpes se hicieron más intensos.

Julia casi se sintió mal por él, pero hizo su trabajo y tomó fotos en su lugar.

"¿Te gusta eso, pequeño cerdo?", le dijo Catherine, continuando con la pala.

"Mmm ... Hmm ..."

"Tengo algo más para ti".

Catherine dejó la pala y ató las manos y los tobillos del hombre a los diferentes rincones de la mesa.

Quedó atrapado.

Toda su confianza estaba depositada completamente en Catherine.

Estaba a su voluntad y a su merced.

Agarró una botella de lubricante y cubrió una gran cantidad en la punta de su dedo.

Julia tomó fotos de primer plano del dedo lubricado de Catherine.

Entonces Julia tomó fotos de primer plano del dedo que entraba en el ano del hombre.

Él gimió cuando estaba siendo penetrado por el dedo de Catherine.

Luego le insertó dos dedos.

Luego tres.

Julia se preguntó si el hombre lo estaba disfrutando.

Pero ese no era asunto suyo.

El trabajo de Julia era tomar una foto de la penetración, y lo hizo, con la cámara captándolo todo.

El estómago de Julia casi se hundió cuando vio a Catherine posicionarse detrás del hombre, con el gran pene que tenía atado a la cintura apuntando directamente al trasero extendido del hombre.

Julia estaba lista para gritar y suplicar en nombre del hombre indefenso sobre la mesa.

Ella quería detener esta locura en su nombre.

Pero ella no lo hizo.

No era su papel.

Tenía la boca abierta en estado incredulidad, y bajó brevemente la cámara para poder ver la penetración anal con sus propios ojos.

Era una vista discordante.

Levantó su cámara, apuntó directamente a la penetración anal y tomó más fotos.

CAPÍTULO 8

Lunes.

Era temprano en la mañana y Julia estaba parada en su cuarto oscuro revelando todas las fotos que había tomado para Catherine.

Había más de doscientas imágenes en total.

Los primeros lotes estaban listos.

La calidad de la imagen era buena, y ella admiraba su propio trabajo.

Sabía que Catherine estaría contenta con la forma en que capturó la sala de esclavitud.

Sabía que a Catherine también le agradaría cómo fue capturado el hombre sumiso.

Había imágenes que captaban a Catherine con su atuendo, y había primeros planos de la máscara de oro.

Julia miró brevemente el resto de las tiras de película que había tomado.

Miró las imágenes del hombre chupando el objeto sexual, siendo azotado, luego sodomizado por un largo período por el gran cinturón.

Los latidos de su corazón se elevaron.

Luego miró las imágenes del hombre siendo sacudido por Catherine.

Éste había disparado una carga masiva de semen en el suelo, que luego se le ordenó limpiar con la lengua.

Julia sintió una sensación de ardor entre las piernas.

Estaba excitada en su cuarto oscuro, de la misma manera que lo había estado en la habitación de esclavitud de Catherine.

Se desabrochó los pantalones y deslizó la mano derecha por las bragas.

Miró la película que se estaba revelando, el hombre chupando el consolador mientras estaba de rodillas, y se tocó sexualmente.

Recordó todo lo que sintió cuando lo vio todo por primera vez.

Ella lo visualizó siendo sodomizado, y Catherine masturbándolo.

Se tocó pensando en el hombre chupando las tetas de Catherine.

Pensó en todos los comentarios verbalmente degradantes que le dijo y en la difícil situación en que se le puso a ella.

Entonces, Julia se imaginó a sí misma en la posición del hombre.

Se preguntó si podría disfrutar de que le hicieran chupar un consolador y que la sodomizaran en una posición tan degradante.

Cuando tuvo un orgasmo en el cuarto oscuro se dio cuenta que la respuesta era sí.

TERCERA PARTE
Máscara dorada y vestido negro

37

CAPÍTULO 9

Dos meses después Julia llevaba un vestido nuevo cuando fue a la oficina de Catherine.

La habían invitado a una reunión privada.

Una vez que llegó al piso ya sin dudar, tuvo una breve discusión con la secretaria, y se le permitió entrar a la oficina de Catherine.

Las dos mujeres se saludaron con un abrazo, y ambas se sentaron en sus respectivos asientos, con Catherine detrás de su gran escritorio y Julia sentada frente a ella.

"Honestamente puedo decir que eres la mejor empleada que he tenido", afirmó Catherine. "Eso significa algo, dada la cantidad de personas calificadas que han trabajado para mí a lo largo de los años".

Un sentimiento de orgullo se apoderó de Julia.

"Gracias. Lo hago lo mejor que puedo".

"¿Te gusta tenerme como empleadora? Tengo una reputación de ser una verdadera perra, lo cual es bien merecido".

"No creo que seas una perra en absoluto", respondió Julia juguetonamente. "Creo que eres una mujer fuerte. Y eres fácilmente la empleadora más intrigante que he tenido. Cada semana es algo alucinante. Me encanta. Siempre espero con ansias nuestras reuniones".

"Bueno, desafortunadamente, tus servicios ya no van a ser necesarios", dijo Catherine en un tono comercial directo. "Has completado tu tarea fotografiando a todos mis sumisos. Creo que has hecho un trabajo maravilloso. Tu trabajo ha superado con creces mis expectativas".

Julia se sorprendió.

Le había encantado disfrutar, mirar y tomar fotos de la vida sexual secreta de Catherine.

Ir a su departamento los sábados por la noche era su emoción de la semana.

Y se masturbaba en privado cada vez que volvía a casa.

También se había encariñado con la compañía de Catherine semanalmente.

"Oh, bueno, me alegro de que te haya gustado mi trabajo", respondió Julia, tratando de no sonar devastada.

"No soy la única a la que le gusta. Todos mis sumisos masculinos están de acuerdo en que has hecho un trabajo excepcional con tu fotografía. Recibirás una bonificación considerable por esto. Cuando salgas de mi oficina, mi secretaria lo hará, entregándote un sobre con el dinero ".

"Es muy amable por tu parte."

Catherine sonrió.

"No es ningún problema."

"¿Hay alguna forma de que ... podamos ... continuar con esto?" Julia preguntó con toda la confianza que podía reunir. "Como fotógrafa, creo que hay muchas más cosas que podríamos explorar, y que aún no hemos hecho".

Catherine levantó una ceja.

"¿En serio? Entonces, la pequeña y tímida fotógrafa quiere seguir trabajando para mí. Eso es interesante".

"Bueno, estoy interesada en tu pasatiempo", admitió Julia a pesar suyo. "Es algo fascinante, y creo que hemos hecho un gran trabajo juntos en términos de hacer arte".

Catherine lo pensó por un momento.

"Puedo tener otra cosa para ti. Sin garantías. Pero podría estar fuera de tu alcance".

La atención de Julia se despertó repentinamente.

"¿Qué es?"

"El fetiche de la esclavitud es más común en el mundo de los negocios de lo que piensas. Es muy popular entre los hombres poderosos, porque aman el cambio de roles. Les encanta ceder el control a las mujeres seductoras después de ser el jefe todo el día. ¿Estás interesada hasta ahora?"

"Seguro."

"Genial. Me pondré en contacto con los organizadores del evento para ver si puedes unirte".

"¿Evento?" Julia preguntó.

"Sí, es un pequeño evento que ocurre de vez en cuando. Es una fiesta de esclavitud, básicamente, donde los ricos y poderosos se divierten realmente, como adultos".

"Eso suena como algo que me encantaría ver".

Catherine sonrió.

"No tienes idea. Es tan sucio y vulgar, que todos están enmascarados. Todo es completamente discreto. Además, es una tradición".

"¿Qué estaría haciendo yo allí?"

"Tomar fotos. ¿Qué más sería? Quizás los organizadores del evento deseen algunas fotos hermosas para recuerdos o algo por el estilo".

"Definitivamente puedo hacer eso", respondió Julia. "Para ser honesta, desde que comencé a tomar fotos de tus sesiones de esclavitud, todo lo demás que hago en el trabajo parece muy aburrido en comparación".

Catherine sonrió.

"Sabía que te gustaría. Eres ese tipo de chica. Ahora, si me disculpas, tengo una cita en unos minutos".

"Oh, por supuesto. Gracias por tu tiempo".

Julia se levantó y extendió su mano para un apretón de manos antes de irse.

"Una cosa más", agregó Catherine. "Mis otros amigos no siempre juegan legalmente. Así que, si quieres seguir trabajando para mí, entonces debes estar segura".

"Estoy segura."

Catherine asintió con la cabeza.

"Eso pensaba. Nos mantendremos en contacto. Y nos pondremos en contacto contigo pronto".

CAPÍTULO 10

Una semana después.

Era la madrugada del martes.

Julia fue despertada por una serie de golpes en la puerta.

Salió de la cama, se miró brevemente en el espejo y luego abrió la puerta.

Para su sorpresa, era la secretaria de Catherine sosteniendo un pequeño paquete.

"Buenos días", dijo la secretaria con una sonrisa radiante.

"Buenos días, entra".

La secretaria entró en el pequeño apartamento con el paquete y Julia cerró la puerta.

"Lamento molestarla tan temprano", dijo la secretaria. "Estoy ocupada el resto del día, así que este era el único momento que tenía".

"No te preocupes. ¿Quieres un café o tomar algo?" Julia preguntó.

"Estoy bien muchas gracias."

"Entonces, ¿qué te trae por aquí esta mañana?"

"Catherine ha contactado con los organizadores del evento", respondió la secretaria. "A todos les encanta tu trabajo y piensan que tus fotos serían bienvenidas".

"Es una gran noticia. Me encantaría asistir".

"Sin embargo, hay una condición".

"¿Qué es?" Julia preguntó.

"El evento de esclavitud es exclusivo, y no dejan entrar a nadie extraño. Por lo tanto, deberás tener una iniciación antes de que puedas tomar fotos allí".

La noticia despertó a Julia más fuerte que cualquier taza de café.

"¿Qué quieres decir?"

"Hay un proceso de iniciación para los nuevos miembros. Me han dicho que no hay forma de evitarlo. Tienes que hacerlo, si quieres seguir trabajando para Catherine".

"Bueno, ¿qué requiere esta iniciación? ¿Algo extremo?"

"Cambia cada vez", respondió la secretaria. "Fui iniciada hace unos años, y fue bastante tranquilo. Pero para otras personas, vaya. No quisiera haber sido ellos".

Julia de repente sintió que su mente daba vueltas.

Quería el trabajo más que nada, y no quería decepcionar a Catherine al negarse.

"Dile a Catherine que lo haré", dijo Julia.

La secretaria sonrió y colocó el paquete en una mesa cercana.

"Ella sabía que te interesaría. Esto es para ti".

"¿Qué es?"

"Ábrelo y lo verás."

Julia levantó la tapa del paquete y vio una máscara dorada sobre una fina tela negra.

La máscara era elegante y similar a la que usa Catherine durante cada sesión de esclavitud.

"¿Para qué es esto?" Preguntó Julia, mientras tomaba la máscara para examinarla.

"Tendrás que usarla para el evento. Es del mismo tipo que Catherine, lo que hará que la gente sepa que eres su invitada y su sumisa".

Julia continuó mirándolo.

"Es una hermosa máscara".

"Ciertamente lo es. También hay un atuendo en el paquete. Tendrás que usarlo. Nada más, excepto los tacones".

Julia levantó la delgada tela negra del paquete.

Era completamente transparente.

"¿No se me permite usar nada más debajo?" Julia preguntó.

"No, nada. El evento comienza a las siete de la tarde del sábado. Un conductor vendrá a recogerte a las seis, así que prepárate. Se te permite usar un abrigo para cubrir tu cuerpo cuando camines hacia el auto, pero quítatelo una vez que llegues al evento. No olvides llevar la máscara y tu cámara ".

"¿Puedo hacerte una pregunta personal?"

"Claro", respondió la secretaria.

"¿Crees que puedo seguir con esto? Quiero decir, en tu opinión, ¿crees que podré manejar lo que sucederá en el evento?"

La secretaria sonrió.

Solo hay una forma de averiguarlo".

CAPÍTULO 11

Sábado por la noche.

La puerta del ascensor se abrió y Julia caminó rápidamente por el vestíbulo de su edificio de apartamentos.

Llevaba tacones altos y un abrigo grande.

Debajo, llevaba el vestido negro transparente y nada más.

Sostenía el paquete con la máscara de oro adentro, y otra caja que contenía su cámara.

Ella caminó tan rápido como pudo para que nadie la viera.

Un auto negro la esperaba, con el conductor sosteniendo la puerta abierta.

Cuando entró en el auto, vio a Catherine sentada en el asiento trasero.

Una vez que Julia se sentó, el conductor cerró la puerta y se dirigió hacia su destino.

"Te ves linda con ese atuendo", dijo Catherine. "Es agradable verte en algo un poco más sexy que lo que usas normalmente".

"Gracias. Te ves genial también".

Los ojos de Julia recorrieron el cuerpo de Catherine, que estaba mucho más desnudo.

Catherine no estaba avergonzada de estar sentada en el auto usando solo un delgado vestido negro.

Cada curva en su cuerpo era completamente visible, y sus grandes pezones marrones se podían ver a través del delgado material.

"Pareces un poco nerviosa", señaló Catherine.

"Más o menos. Todo este proceso es bastante intimidante para mí. Escuché que hay una iniciación por la que tengo que pasar".

Catherine sonrió.

"Has oído lo correcto".

"¿Puedes al menos darme una idea de lo que va a pasar?" Julia preguntó con timidez.

"Me temo que no, cariño. Pero no te preocupes. Estás en buenas manos".

"Eso espero. Dios, esto da un poco de miedo".

"¿Entonces por qué estás aquí?" Catherine preguntó sin rodeos. "¿Cuál es la verdadera razón? Tiene que ser algo más que curiosidad profesional. Admítelo, eres una puta en secreto".

"No soy una puta".

"Entonces tal vez debería pedirle al conductor que gire este auto y lo lleve de regreso a tu departamento.

"Espera", respondió Julia rápidamente. "Estoy aquí porque me gusta lo que haces. Creo que es emocionante. Quiero seguir observándote".

"¿Tienes fantasías de unirte? ¿Alguna vez pensaste en ser azotada, obligada a que use contigo un cinturón dentro de cualquiera de tus agujeros apretados?"

"Sí lo he hecho."

Una sonrisa maliciosa apareció en la cara de Catherine.

"Por supuesto. Sabía que tenías potencial de sumisión desde el día que entré en tu estudio. Por lo general, son las chicas tranquilas las que se convierten en las zorras más grandes"

"No soy una puta".

"La iniciación debería encargarse de eso. Recuerda, nadie te obliga a estar aquí. Puedes irte cuando quieras".

Un escalofrío de miedo y emoción fue enviado por la columna de Julia.

Se preguntó a qué se refería Catherine, pero Catherine simplemente volvió la cabeza con una leve sonrisa y miró por la ventana del auto.

CUARTA PARTE
Dolor y placer

47

CAPÍTULO 12

Se abrieron las puertas de seguridad y se permitió que el automóvil ingresara a la gran propiedad.

El auto se detuvo frente a una mansión, y las dos mujeres se bajaron de él.

"Aquí es donde nos ponemos nuestras máscaras", dijo Catherine. "Y quítate el abrigo. Es hora de mostrar ese bonito cuerpo que tienes".

Julia se quitó el abrigo y lo arrojó dentro del auto.

Una ligera brisa de viento le recordó lo vulnerable que era.

Sintió que el espacio entre sus piernas hormigueaba por el aire frío.

Sus pezones rosados se pusieron rígidos por una segunda ronda de brisa.

Julia cerró las piernas con fuerza en un débil intento de cubrir su feminidad.

Ambas mujeres se pusieron sus máscaras de oro.

Julia metió la mano en el auto y agarró su cámara.

Cerraron las puertas y el auto se alejó.

La entrada a la mansión estaba vigilada por dos hombres robustos.

También llevaban máscaras y permanecieron en silencio mientras las dos mujeres se acercaban a ellos.

"Contraseña, por favor", preguntó uno de los guardias de seguridad enmascarados.

"Toalla", respondió Catherine.

"Pueden proceder señoras".

El guardia abrió la puerta y entraron en la mansión.

Julia se maravilló de la extravagancia del edificio.

Parecía que fuera construido para una familia real.

Pinturas, decoraciones y artículos de colección estaban exhibidos en las paredes.

La entrada por la que entraron estaba cubierta por una gran alfombra roja.

Caminaron por un gran salón.

"Tienes que esperar un rato en la habitación de invitados", dijo Catherine. "Alguien vendrá a buscarte en breve".

Julia respiró hondo.

"Bueno."

"Estarás bien. Cálmate".

"¿Puedes decirme qué va a pasar?" Julia preguntó. "Estaría menos nerviosa si lo supiera".

"No. Espera en la habitación hasta que alguien venga por ti. Mantente puesta la máscara y deja tu cámara allí. Habrá tiempo de sobra para tomar fotos más tarde".

Catherine abrió la puerta y le indicó a Julia que entrara a la habitación.

La habitación de invitados era sencilla, con algunos muebles de madera.

Julia respiró hondo y entró.

CAPÍTULO 13

Perdió la noción del tiempo que esperó.

Ella nunca se quitó la máscara.

Después de aburrirse estar sentada y esperar, Julia se paró frente a un espejo y se miró a sí misma.

La máscara era encantadora.

Y no podía dejar de pensar en cómo sus pezones rosados y su vagina eran visibles a través de la delgada tela del vestido.

Se cuestionó a sí misma y a sus razones para estar allí.

Antes de que pudiera pensar más, llamaron a la puerta.

Entró una mujer, completamente desnuda, vestida solo con una máscara de oro.

"Sígueme", dijo la mujer desnuda con voz suave.

Julia la siguió fuera de la habitación y salieron por el pasillo.

Se había hecho más oscuro.

Muchas de las luces habían sido apagadas y había una gran cantidad de velas encendidas en todas las direcciones.

Había un grupo de personas enmascaradas de pie en el pasillo.

Algunos estaban desnudos, algunos llevaban trajes.

Todos llevaban máscaras.

Estaban parados en círculo, con Catherine de pie en el centro.

Catherine estaba completamente desnuda excepto por la máscara.

Era la primera vez que Julia veía el cuerpo completamente desnudo de Catherine.

Julia admiraba su figura tonificada y sus voluptuosas curvas con grandes pezones marrones.

Julia fue conducida al centro del círculo, parada directamente frente a Catherine.

Los otros invitados enmascarados en la habitación permanecieron en silencio.

"Bienvenida Julia", dijo Catherine. "El comité decidió admitirla en nuestro Club privado. No fue una decisión fácil, pero la calidad de su trabajo y su discreción es lo que permitió su entrada. Sin embargo, hay condiciones para esta aceptación, ¿le gustaría saber cuáles son?

"Sí", Julia asintió nerviosamente.

"Primero, debes experimentar la sumisión sexual para que el grupo lo vea. En segundo lugar, debo usar quince clips de ropa en tu cuerpo durante el proceso. Finalmente, debes tener orgasmos al menos dos veces durante la próxima hora. Todas las condiciones son obligatorias. Puedes aceptarlas o irte ".

Julia respiró hondo.

"Acepto."

"Dinos por qué aceptas. ¿Por qué quieres que se te hagan actos tan dolorosos y degradantes? Eres una muchacha muy dulce".

Julia pensó por un momento.

"Ver sus sesiones en los últimos dos meses me ha abierto los ojos a algo nuevo. Quiero seguir siendo parte de esto".

"¿Incluso si eso significa tener que pasar por esta iniciación?" Catherine preguntó.

"Sí."

"¿Y en qué te convierte eso?"

"En una puta".

Catherine asintió con la cabeza.

"Quítate el atuendo. Muéstranos tu hermoso cuerpo".

Hubo un escalofrío en la columna de Julia.

A pesar de las máscaras, Julia podía sentir todos los ojos en la sala esperando con anticipación.

Deslizó el atuendo transparente hasta los pies y se quedó completamente desnuda.

Ella resistió el impulso de cruzar las piernas y permitió que su entrepierna bien afeitada permaneciera descubierta.

También resistió el impulso de cubrir sus senos pequeños y permitió que sus pezones rosados sobresalieran.

Catherine dio un paso adelante y estaba a solo unos centímetros de Julia.

Extendió la mano y tocó el pequeño pecho de Julia, acariciándolo suavemente con la mano.

Rodeó el pezón rosado con su dedo, luego lo pellizcó con fuerza.

"Ohh ..." Julia jadeó.

"¿Te estoy lastimando?"

"Un poco."

"¿Nos detenemos entonces?"

Julia sabía que le estaban dando un ultimátum sutil.

"No. Por favor no pares".

Catherine pellizcó el pezón aún más fuerte, haciendo que Julia jadeara de nuevo.

"Puede que no te guste esto al principio. Pero te ..."

Una mujer desnuda enmascarada se les acercó sosteniendo una almohada con un pequeño montón de pinzas para la ropa.

Catherine tomó uno de los clips, lo abrió y lo colocó sobre el pezón de Julia.

Lentamente permitió que el clip apretara el pezón, poco a poco.

Catherine soltó la pinza que apretó el pezón con fuerza, haciendo que se hinchara.

"Duele mucho", dijo Julia con una desesperación tranquila.

"¿Quieres parar? Las condiciones no son negociables".

"¿Cuánto tiempo estará el clip allí?"

"Hasta que llegues al orgasmo dos veces esta noche. Puedo acelerar las cosas si quieres. Sería más fácil para un principiante como tú".

"Por favor..."

Catherine buscó otro broche de ropa, y lo usó sin piedad en el otro pezón de Julia.

"Ahhh ..." Julia gritó.

"Eso son dos clips hasta ahora. Quedan trece".

"¿Dónde los vas a poner?" Julia preguntó, casi con miedo.

Catherine se inclinó hacia delante y le susurró al oído a Julia.

"¿Qué tal en tus labios vaginales? Ese es el lugar tradicional para una mujer. ¿Quieres dejar de sufrir o unirte a nuestro club?"

Era el punto de no retorno.

Julia se decidió en un momento, incluso aun cuando le dolían mucho los pezones.

Sus pezones en vez de rosados se estaban volviendo de un tono rojo oscuro.

"Me niego a renunciar".

"Entonces recuéstate boca arriba. Y abre las piernas".

Julia se tumbó de espaldas sobre el piso alfombrado, con las piernas abiertas de par en par.

Su feminidad estaba completamente expuesta, esperando el dolor de los clips de la ropa.

Catherine se arrodilló y se tomó su tiempo para examinar el coño frente a ella.

Ella lo estudió y lo admiró.

Catherine tomó un clip de ropa, lo abrió y levantó el lado izquierdo de los labios de Julia.

"Esto puede doler un poco", advirtió Catherine. "Eres una mujer adulta. Así que actúa como tal".

Con esas palabras de precaución, Catherine soltó cruelmente el clip, haciendo que de repente apretara los labios, haciendo que Julia gritara.

Catherine sonrió y buscó otro clip, esta vez, soltándolo suavemente a los labios.

La presión del segundo clip provocó que los labios cambiaran de forma.

Catherine continuó el proceso hasta que el lado izquierdo de los labios de Julia se cubrió con pinzas para la ropa.

"¿Cómo se siente tu coño?" Catherine preguntó.

Julia apoyó la cabeza sobre la alfombra y luchó con el dolor de sus pezones y labios apretados por los clips de la ropa.

"Me duele mucho".

"Eso demuestra que eres humana. Estoy orgullosa de ti por durar tanto tiempo. Tu iniciación es más dura que la mayoría porque tu experiencia financiera no es la misma que la nuestra y no tienes antecedentes de esclavitud".

"Entiendo."

"Buena zorra. La parte difícil casi ha terminado".

Catherine buscó otro clip de ropa, esta vez colocándolo suavemente sobre los labios derechos de Julia.

Julia ya no retrocedió y no gimió.

Ya se había acostumbrado al dolor en sus áreas sexuales sensibles.

El patrón continuó hasta que todos los clips se usaron en el coño de Julia.

La vagina, antes linda y atractiva, se había deformado de repente.

Los labios vaginales se estiraban en diferentes direcciones como la arcilla.

Catherine miró dentro del coño rosado de Julia y vio que estaba mojado.

"Estás lista para tu primer orgasmo", dijo Catherine. "¿No es así?"

"Lo estoy."

Catherine azotó el centro del coño de Julia sin previo aviso.

El shock hizo que Julia gritara en una rara combinación de dolor y placer.

Las nalgadas en el coño de Julia continuaron hasta que las puntas de los dedos de Catherine se cubrieron con fluidos vaginales.

"Estás empapada, querida", dijo Catherine. "Creo que estás lista".

Con eso, Catherine insertó dos dedos dentro del coño y usó los dedos de su otra mano para jugar con el clítoris de Julia.

Fue una combinación potente.

Sus dedos eran hábiles para complacer sexualmente a otras mujeres.

Con los dedos estaba siendo trabajada de una manera particular y hábil.

Julia gimió de placer.

Ya no le importaba el grupo de personas enmascaradas que la observaban.

En ese punto, todo en lo que podía pensar era en la sensación de ardor en su coño y pezones.

Los dedos continuaron el trabajo frenético.

Catherine iba más y más rápido con más intensidad.

El cuerpo de Julia se sacudió.

Ella gimió.

Catherine sintió que Julia estaba al borde de su primer orgasmo, por lo que trabajó aún más duro, tocando el coño caliente.

Julia se retorció, gimió y su espalda se arqueó.

Julia dejó escapar un fuerte grito y sus dedos se curvaron, luego su cuerpo se relajó.

"Ese es el primer orgasmo hasta ahora", sonrió Catherine, mirando sus dedos que estaban cubiertos de jugo de coño. "Ahora es el momento del orgasmo número dos. Pero este va a ser un poco más difícil. Puedes dejarlo cuando quieras. ¿Lista?"

"Sí."

Catherine chasqueó los dedos, y dos mujeres desnudas enmascaradas vinieron y envolvieron correas de cuero alrededor de las manos y tobillos de Julia.

Guiaron a Julia a darse la vuelta, de modo que estaba de rodillas.

Extendieron las manos y tobillos de Julia, y los engancharon en ganchos en el suelo.

Julia estaba boca abajo, completamente atada e indefensa.

"Tu prueba final es de dieciocho centímetros en tu trasero. No te preocupes gatita, usaré mucha lubricación para ti".

Los ojos de Julia se abrieron.

Las correas de esclavitud en sus muñecas y tobillos estaban apretadas, y no tenía a dónde ir, a menos que decidiera renunciar, lo que terminaría permanentemente con su relación con Catherine.

Se negó a renunciar, incluso cuando sintió los dedos de Catherine empujar dentro de su trasero.

Los dedos estaban recubiertos de una gruesa lubricación.

Los dedos sondearon su pequeño ano tan lejos como pudieron.

Catherine no fue muy gentil.

Para ella era todo negocio.

Así que Julia simplemente puso su cara enmascarada contra el suelo y aceptó la penetración del dedo dentro de su culo.

"Voy a usar la correa con el pene que me has visto usar tantas veces en mis sumisos", dijo Catherine, recostada sobre el cuerpo de Julia. "Iré lento al principio, pero espero que sigas después con mi ritmo".

En ese momento, Julia tenía recuerdos de todos los hombres enmascarados que habían sido follados analmente por la variedad de diferentes cinturones de Catherine.

Julia se había imaginado estar en el papel de sumisa tantas veces antes.

Pero nunca había imaginado que realmente le pasaría a ella.

La punta del arnés presionó fuertemente contra el ano de Julia.

Catherine usó sus manos para separar las nalgas de Julia, lo que permitió que el objeto sexual penetrara en el pequeño agujero.

Julia gimió ruidosamente cuando el objeto entró en su cuerpo.

Lentamente se abrió paso dentro de su recto.

Ella cerró las manos con fuerza y apretó los dientes.

Cuando el objeto continuó el lento viaje en su culo, abrió la boca y dejó escapar un gemido.

Continuó hasta que la entrepierna de Catherine presionó contra su trasero.

"Chica valiente", dijo Catherine al oído de Julia. "La mayoría de la gente ya habría renunciado. No tú. Ya casi has terminado. Esto se sentirá bien en un momento".

Catherine se retiró lentamente del recto de Julia, y luego dio un suave empujón, metiéndolo profundamente dentro una vez más.

Usaba lentamente el ritmo de acuerdo con la tensión de Julia.

Cada empuje hacía que Julia gimiera.

Julia miró alrededor de la habitación mientras estaba siendo sodomizada.

Los invitados enmascarados estaban en silencio y miraban el espectáculo.

Se preguntó qué pensarían de ella.

Se preguntó si estaban excitados.

Se preguntó si querrían también entrar en su trasero.

El empuje dentro del culo de Julia continuó.

Al dolor pronto se unió el placer.

Sus pezones y su coño todavía le dolían mucho por los clips de la ropa.

El dolor continuaba creciendo, pero el placer también creía con igual intensidad o mayor.

Su ano todavía le dolía por el juguete sexual de dieciocho centímetros, y no se acostumbraba por completo.

Pero había un extraño placer creciendo dentro de ella.

Ser follada analmente para que todos la vieran era emocionante.

Era sensacional.

Los empujes se hicieron más rápidos y profundos.

Catherine mostró menos piedad y menos ternura, y realmente comenzó a ser rudo con Julia.

Julia estaba siendo tratada como cualquiera de las sumisas de Catherine, lo cual era un cumplido para Julia.

Significaba que Catherine sabía que Julia era lo suficientemente fuerte y digna como para recibir el castigo anal.

"Puedo sentir tu orgasmo acercándose", dijo Catherine, mientras empujaba. "Córrete por mí, querida. Hazlo y únete a nuestro club".

"Lo estoy intentando", jadeó Julia.

"Quizás esto ayude, gatita".

Catherine buscó debajo y comenzó a jugar con el clítoris de Julia, mientras la sodomizaba.

La sexualidad de Julia estaba siendo asaltada por todos lados.

Le dolían los pezones.

Le dolían los labios.

Su ano y recto estaban siendo golpeados sin piedad.

Ahora su sensible clítoris estaba siendo masajeado.

"¡¡¡Oh, Dios mío!!!" Julia gimió.

La espalda de la joven se arqueó violentamente, y sus manos y pies se apretaron con todas sus fuerzas.

Los fluidos salieron de su coño y cubrieron el suelo.

Por segunda vez, se corrió delante de todos una vez más.

"Felicidades", dijo Catherine, frotando el cabello de Julia. "Ahora eres miembro de nuestro club".

Catherine sacó lentamente el juguete sexual del trasero de Julia y se levantó.

Ella observó a Julia en el suelo.

Julia estaba agotada sexualmente por el momento y lentamente volvía a sí misma.

Las otras mujeres enmascaradas vinieron a desatar a Julia, y le quitaron las pinzas de los pezones y el coño.

Julia se puso de pie, y los otros invitados enmascarados en la sala dieron un aplauso a su nuevo miembro.

EPÍLOGO

Seis meses después.

Julia llevaba un hermoso vestido mientras esperaba en el ascensor.

Ella sostenía un gran sobre amarillo.

Una vez que llegó a su piso, saludó a la secretaria con una sonrisa familiar.

Luego entró en la oficina de Catherine.

Se intercambiaron bromas y Catherine abrió el sobre para mirar las imágenes recién reveladas mientras ambas se sentaban.

"Te has superado a ti misma", señaló Catherine, mirando las fotos. "Trabajo exquisito. Los ángulos de la cámara, la iluminación, el tiempo. Estas son perfectas. A nuestros amigos del club les encantarán".

"Gracias. Espero que las disfruten".

"Es una pena que estas imágenes tengan que permanecer privadas. Tu talento como fotógrafa debería ser reconocido por mucha más gente".

"El reconocimiento tuyo es suficiente", dijo Julia con valentía.

Catherine sonrió.

"Que chica tan dulce".

"Vi mi cheque colocado en el escritorio de la secretaria. Estoy segura de que es otro pago generoso, por lo que estoy muy agradecida. Pero hoy esperaba algo un poco más ... extra ..."

Catherine se agachó en su oficina para quitarse las bragas debajo de la falda.

"Muy bien. Tienes treinta minutos antes de mi próxima reunión".

"Gracias."

Julia se acercó al escritorio de manera informal.

Ella trató de ocultar su impaciencia, pero ambas sabían cómo se sentía realmente Julia.

Catherine abrió las piernas y vio a Julia ponerse de rodillas.

El límite era treinta minutos, por lo que Julia no perdió el tiempo y comenzó a comer el coño de su Ama Dominante hasta que llegó al punto del orgasmo.

FIN

FANTASÍA BDSM
POR
ERIKA SANDERS

CAPÍTULO I

"Ahora sí que te has metido en un aprieto".

Resoplé suavemente.

Era un sonido muy poco femenino, pero por el momento, lo único en lo que podía pensar era en lo que sucedería después.

¿Realmente había leído bien entre líneas de todos nuestros correos electrónicos?

¿De los chats en línea?

¿De las llamadas telefónicas nocturnas?

Quizás debería haber sido más sutil.

Eso es lo que dicen todas las revistas, ¿verdad?

Los chicos necesitan que les dijera lo qué hacer.

"Relájate, Debbie".

El susurro contra mi oído me hizo saltar.

"Es fácil para ti decirlo, Harry".

"Shh. Ya vuelvo".

Respiré hondo y lentamente lo soplé, lamiéndome los labios secos.

¿Hacía solo una hora que tenía el control?

¿O al menos la opción de alejarse?

Lo escuché moverse por la habitación, el televisor volviéndose a encender ... dándome cuenta de que estaba esperando que me pusiera cómoda.

Cerré los ojos, no es que importara, ya que no podía ver de todos modos a través de la venda en los ojos, y pensé en esta misma noche más temprano ...

CAPÍTULO II

Alcé mi teléfono celular y exhalé.

Mi dedo se cernía sobre el botón ENVIAR, mis ojos pegados a las dos palabras en la pantalla: Estoy AQUÍ.

Respiré profundamente y sellé mi destino, rezando para que mis nervios se calmaran, para que ya no sintiera náuseas.

No había vuelta atrás ahora.

El sonido de la descarga de un inodoro ahogó el sonido de un teléfono cercano.

Un instante después, la puerta frente a mí se abrió y mis nervios se magnificaron.

"¿Vas a estar ahí parada toda la noche?" Él dijo tranquilo.

La voz profunda provenía de la puerta iluminada.

Harry

Ya no tenía que cerrar los ojos para imaginármelo.

Sus anchos hombros sobresalían un pie sobre mí, envueltos en una camisa abotonada con las mangas enrolladas hasta los codos.

Sus ojos de obsidiana miraban los míos con una mirada brillante.

Sus grandes manos agarrando el marco y la puerta mientras se inclinaba hacia el pasillo hacia mí.

Nuestro último y primer encuentro había sido en un baile temático de gángsters y cabareteras una semana antes.

Mi propio terreno, mis propios amigos, mi propia zona de confort.

Había sido fácil enamorarse de sus encantos, de la forma en que me abrazaba cuando bailábamos lentamente.

La forma en que me inclinó el sombrero de fieltro en el estacionamiento antes de besarme suavemente, sus dedos apenas tocando mi mejilla.

La forma en que me había susurrado al oído que mi decisión de vestir al estilo gángster lo había excitado.

Se me doblaron las rodillas cuando se presionó contra mi cadera, demostrando su excitación.

Me tomó toda mi fuerza que puede sacar de mí misma los siguientes siete días, especialmente en el trabajo.

Nuestros chats nocturnos por teléfono e Internet no ayudaron.

Entonces, ¿por qué estaba tan asustada?

Me estaba entregando al momento en que había estado fantaseando todo este tiempo ...

"¿Debbie?" Abrió la puerta y salió completamente al pasillo ahora, con las comisuras de la boca hacia abajo. "¿Estás bien?"

Retrocedí contra la pared, sujetando mi bolso de noche sobre mi hombro.

Es un error.

No debería haber venido.

¿Qué estaba pensando?

Espera, es que no estaba pensando.

Yo ...

Sus dedos rozaron mi mejilla mientras levantaba mi barbilla.

"Está bien. No tengas miedo".

"¿Quién yo?" Mi voz sonaba temblorosa y nada confiada, aunque sonreí.

Su ceño se profundizó.

La preocupación y la decepción se mostraron en sus ojos oscuros.

"¿No quieres hacer esto?"

"Sí. Estaré bien".

Me aparté de la pared, marchando hacia la guarida del león.

La puerta se cerró ruidosamente detrás de mí, haciéndome saltar mientras observaba los alrededores.

Era una habitación estándar de hotel con un baño con jacuzzi a la izquierda, la barra para la ropa en una alcoba a la derecha, y una suite abierta por delante con dos lámparas y un reloj digital en pequeñas mesas que flanquean la cama solitaria.

Un sofá, una mesa, dos sillas y una cómoda baja con un televisor atornillado encima remataban los muebles.

Nada sofisticado.

Pero entonces, no era una ocasión especial.

Bueno, no una para el que alquilarías una habitación de hotel de lujo, como para una luna de miel.

Un suave resoplido escapó por mi último pensamiento.

No, nada importante como eso.

Hubo un tirón en mi brazo y parpadeé.

Mis ojos se levantaron para encontrarse con los suyos, y su suave sonrisa alivió un poco la tensión.

"Déjame tomar tu bolso ".

Solté mi agarre de la correa, mirándolo colocar el bolso de lona en la cómoda debajo de la pantalla de TV encendida pero silenciosa.

Presionó un botón en el mando a distancia y la pantalla se puso negra.

Ahora realmente solo éramos nosotros dos.

Los pequeños sonidos ahora parecían amplificados.

El suave silbido de la unidad de aire acondicionado.

El zumbido de la luz sobre nuestras cabezas.

El ruido de hielo en la máquina justo afuera de la habitación.

El gorgoteo de agua en el jacuzzi de la esquina junto a la cama.

Bueno, tal vez esta no sea una habitación de hotel tan estándar después de todo.

Mi corazón latía en mis oídos.

Traté de mantener mi respiración uniforme, traté de concentrarme en toda la situación.

En lo que estaba haciendo.

En porqué lo estaba haciendo.

Un suave gemido se me escapó cuando pensé en el posible resultado final, y algo se apretó en mis entrañas.

"¿Debbie? Siéntate".

Tomó mi mano y me guió a la cama.

Mi piel hormigueó por el contacto.

Mis rodillas se doblaron automáticamente, y luego estaba descansando en el borde.

Mi baja estatura me dificultaba sentarme y aún poder tocar la alfombra.

"Te ves hermosa esta noche."

Parpadeé de nuevo e incliné mi cabeza hacia él.

Nadie me había llamado nunca hermosa, salvo mis padres.

Sus ojos se centraron en el vestido que había elegido para el baile de esta noche, una falda de seda roja con estampado de rosas y un corpiño negro sin mangas que proporcionaba un amplio escote.

Era uno de mis favoritos, principalmente porque me sentía hermosa, a pesar de mi cuerpo de pequeño tamaño.

Una sonrisa atrajo mis labios, contenta de que a él también le hubiera gustado.

"Lo-lo siento. Solo estoy un poco ..."

"Está bien. Lo entiendo". Se sentó a mi lado, todavía sosteniendo mi mano.

Durante varios minutos, el único ruido que hicimos fue nuestra respiración, la suya normal, la mía se tambaleaba.

¿Cómo puede estar tan tranquilo?

Mantuve mi mirada en mi regazo, tragando pesadamente ya que cuando vagaba hacia su regazo ... veía el ligero bulto allí.

Me apretaba la mano de vez en cuando.

Finalmente, cuando me sentí tranquila, levanté los ojos hacia su rostro.

Él me estaba mirando.

Las comisuras de su boca estaban ahora dobladas hacia arriba.

"Voy a besarte, ¿de acuerdo?"

Incliné la barbilla en respuesta, y luego su mano ahuecó mi mandíbula, acercándome.

Mis ojos se cerraron cuando sus cálidos labios tocaron los míos.

Se tocaron ligeramente al principio y luego me presionaron más fuerte.

Apreté su mano, aspirando aire, pequeños chillidos de sorpresa llegaron a mis oídos.

Su mano se deslizó hacia la parte posterior de mi cabeza, sus dedos enterrados en los mechones de mi cabello.

Cuando su lengua dibujó mi boca, me estremecí.

Cuando me mordió el labio inferior, jadeé.

Y cuando su lengua se deslizó dentro, sacudiendo mi lengua, gemí.

Harry continuó apretando mi boca con la suya hasta que nuestras lenguas bailaron, saboreándose, y mis gemidos se hicieron más frecuentes.

Sacó su mano de la mía y soltó el clip que sujetaba mis ondulaciones castañas.

Las suaves olas cayeron en cascada sobre mis hombros, susurrando contra mis orejas y mejillas antes de que las apartara para poder sostener mi cabeza con más firmeza.

Mi mano encontró su muslo y lo apretó, provocando un gemido de él.

Nuestros cuerpos se volvieron uno contra el otro, los nervios se mitigaron mientras él me ayudaba a deslizarme sobre la colcha.

Cuando me recostó contra las almohadas, suspiré y la anticipación reemplazó la ansiedad en mis músculos tensos.

Sus dedos acariciaron mis mejillas y mi frente y cuello, girando a través de mis trenzas mientras movía su boca contra la mía.

Era gentil pero firme.

En control, pero sin prisa tampoco.

Mis dedos se levantaron para trazar los contornos de su cuello, a través del ligero rastrojo en su mandíbula, hasta su cabello ondulado, sosteniendo su cabeza.

Cuando sus dedos se deslizaron hacia mi hombro, sobre la correa ancha del corpiño de mi vestido, y rozaron mi brazo desnudo, contuve el aliento en mi boca.

Incluso a través del vestido y el sujetador, podía sentir el calor de su toque.

Ansiaba que él tomara mi pecho, para aliviar un poco la presión que había estado sintiendo desde que nos conocimos.

Estaba tan cerca, pero parecía evitar a propósito esa área.

"Sabes tan bien." Su boca cubrió la mía una vez más antes de moverse a mi barbilla, mandíbula y detrás de la oreja antes de acomodarse en la curva de mi cuello.

Su nariz me acariciaba, con su lengua lamiendo mi carne.

Respiré hondo y solté el aire lentamente con un gemido.

"Hueles increíble".

Gimoteé, mi piel hormigueó cuando él la devastó.

"Por favor, no pares. Mmm".

"No tengo intención de hacerlo". Su voz sonó apagada mientras chupaba suavemente, mordisqueaba y luego lamía con los agudos dolores resultantes.

Agarré sus brazos, anclándome a él.

Su cálido cuerpo presionaba contra mi costado, encendiendo chispas debajo de mi piel.

Quería ponerlo encima de mí, pero simplemente no tenía la energía.

O las agallas para tomar la iniciativa.

Su boca aterrizó besos de mariposa sobre mi hombro y hasta mi garganta.

Cuando se retiró, abrí mis ojos.

Sus ojos estaban fijos, pero no en mi cara.

Seguí su camino, y me quedé sin aliento cuando vi el objeto de su concentración: el rápido ascenso y caída de mis senos empujando contra los límites del escote del vestido.

Mi mirada volvió a su rostro justo a tiempo para verlo lamer sus labios.

"Si quieres que pare, ahora sería el momento ..."

"No, no, no". Apreté los ojos y un escalofrío me recorrió al pensar que todo podría terminar tan rápido.

Una suave risa fue su única respuesta, y luego sus labios rozaron mi garganta nuevamente.

Lenta y metódicamente, cubrieron cada centímetro de piel.

A veces, su lengua salía disparada, haciéndome temblar.

Se me cortó la respiración varias veces mientras se movía más abajo.

Cuando sus labios acariciaron la hinchazón de mi pecho, agarré mi falda, mi cuerpo arqueándose hacia él por su propia voluntad.

La parte plana de su lengua acarició la elevación por encima del borde de mi sujetador de satén negro, y la sensación de calor húmedo me quemó.

Se movió, puso un brazo sobre mi abdomen y giró la cabeza.

Mi nariz enterrada en su cabello.

Olía un poco a loción fresca de después del lavado, y exhalé con un suspiro.

Mi concentración cambió cuando sentí su dedo arrastrarse por la curva de mi escote, sumergiéndose en el espacio entre mis senos antes de deslizarse bajo el borde del sujetador.

Su lengua lo siguió, y un gemido se elevó desde el fondo de mi garganta.

Mis pezones estaban tan duros que me dolían.

Si él solo ...

Mi cuerpo se retorcía, instándolo a ir un poco más abajo, hacia donde yo lo quería.

Donde lo necesitaba.

Cuando moví mi mano, literalmente tratando de tomar el asunto en mis propias manos para aliviarme el dolor, él se movió nuevamente y agarró mi brazo, levantándolo por encima de mi cabeza.

Se levantó lo suficiente como para liberar mi brazo izquierdo debajo de él y lo unió con mi brazo derecho.

Sosteniendo ambas muñecas con su mano derecha, bajó su boca hacia mi pecho nuevamente y continuó adorando mi piel ahora ardiente.

"Por favor ... oh, por favor, Harry ..." murmuré más allá de los gemidos que él me sacaba.

"¿Qué quieres, Deb?" Su aliento traspasó la barrera del sujetador y me hizo que doliera aún más. "Dime que quieres."

"Oh ..." Mi mente estaba borrosa, y de repente me sentí avergonzada de nuevo.

¿Por qué no puede simplemente entender lo que le estoy pidiendo?

"¿Esto podría ser?" Sus dedos rozaron la parte inferior de mi pecho a través del vestido y gemí. "Sí, creo que eso es lo que quieres".

Bromeó de nuevo, y finalmente su mano ahuecó mi pecho, apretando suavemente.

Su pulgar rozó el pezón.

Incluso a través del material del sostén, eso envió ondas de choque a través de todo mi cuerpo.

"¡Oh, Dios!"

Mis ojos se abrieron de golpe y contuve el aliento, mirando al techo, pero sin ver nada, deleitándome con el hecho de que finalmente me había tocado donde lo necesitaba.

Jadeé cuando él movió su mano hacia arriba y deslizó un dedo debajo del borde de mi sostén y lo barrió una y otra vez directamente sobre mi pezón.

El calor se precipitó y se acumuló entre mis piernas.

El mundo se calmó.

Sus labios rozaron mi oreja, su aliento ardiente y aun haciéndome temblar.

Se me cortó la respiración cuando su mano se deslizó más dentro de mi sostén para ahuecarme por completo.

Sentí su piel un poco áspera mientras amasaba mi pecho, rodando mi pezón entre su pulgar y los demás dedos.

Me volví hacia él, mi boca buscando la suya.

Él gimió, presionó sus labios contra los míos y me empujó sobre mi espalda nuevamente.

Me moví debajo de él, haciendo eco de su gemido cuando su lengua barrió mi boca y jugó con mi lengua.

Apretó mi pecho una vez más y luego retiró su mano.

Soltó mi muñeca izquierda, deslizó su mano sobre mi hombro y tiró tanto de la correa de mi vestido como de mi sujetador por mi brazo.

El aire frío rozó mi pecho ahora desnudo.

Mi pezón se tensó dolorosamente.

Estaba sin aliento, temblando, cuando sus dedos se deslizaron por mi brazo y lentamente lo volvieron a levantar por encima de mi cabeza.

Cuando lo sentí atar algo alrededor de mi muñeca, me sacudí automáticamente.

"¿Harry?"

"¿Sí, Debbie?" Bajó besándome por el brazo y sobre mi pecho, succionando mi pezón en su boca.

"¡Oh!" Olvidé lo que iba a preguntarle, mis nervios se borraron con esa simple acción, y me arqueé contra él.

Él se rió entre dientes, burlándose de mi pezón con su lengua mientras se subía sobre mí y soltaba mi otra muñeca.

Cuando descubrió mi seno derecho, movió su boca hacia ese lado mientras volvía a poner esa mano sobre mi cabeza.

Luché por tragar, viéndolo atarme la muñeca derecha.

"Eres tan sexy". Sus ojos estaban brillantes mientras se sentaba a mi lado, mirando mi pecho desnudo, mi vestido y sujetador justo debajo de mi busto.

Tiré suavemente de mis muñecas y me tragué la tensión.

Había suficiente holgura para que mis brazos se relajaran contra las almohadas, pero no lo suficiente como para poder desatarme si así lo deseaba.

"No pensé que lo recordarías".

¿Qué le había pasado a mi voz?

Sonaba muy ronca.

"Oh, lo recuerdo. Lo recuerdo todo".

Esa sonrisa perezosa, ese tono profundo, esa repentina mirada oscura en sus ojos hizo que mi corazón saltara con un latido.

Mi mente discurría para recordar todo lo que habíamos discutido ... y me preguntaba si había olvidado mencionar algo.

Pero perdí la concentración cuando me alcanzó por debajo de la espalda, soltó los broches de mi sujetador y deslizó la cremallera de mi vestido.

Mantuve mis ojos en él, viendo aparente fascinación en sus ojos mientras él sacudía mi vestido, revelando más y más de mi cuerpo desnudo.

Contuvo el aliento cuando reveló mis bragas negras de satén.

Me acerqué a él y él se detuvo, agarrando mis caderas y pasando sus pulgares hacia adelante y hacia atrás sobre mi piel cubierta.

Reanudando mi desnudez, el satén de mi falda rozó mis piernas desnudas, y luego arrojó el vestido a un lado.

Sus dedos se deslizaron sobre mis pantorrillas, hasta mis rodillas, y luego hacia abajo nuevamente para desabrocharme y quitarme los zapatos de tacón.

Tuve una repentina oleada de coraje.

Lentamente pasé la punta de mi lengua a lo largo de mi labio superior y moví mis caderas.

"¿Entonces te gusta lo que ves?"

Sus ojos se alzaron hacia los míos, y juro que vi un destello de fuego en ellos.

No habló, pero deslizó sus dedos debajo del borde de mis bragas y lentamente las bajó.

Tragué saliva, consciente de que realmente me preocupaba que le gustara lo que estaba viendo.

El aire frío rozó contra mí, y no pude evitar presionar mis muslos juntos, gimiendo y retorciéndome mientras él solo me miraba.

Un par de veces, levantó la mano como si fuera a tocarme allí, pero su mano volvió a su regazo.

Desearía poder leer su mente.

Metió la mano en su bolsillo trasero y luego se inclinó hacia mí, rozando sus labios contra los míos.

"¿Estás bien?"

Tomé un par de respiraciones profundas y luego sonreí.

"Si estoy bien."

Sus ojos se encontraron con los míos, y él me devolvió la sonrisa.

"Mentirosa."

Sus manos se movieron sobre mi cara.

Un paño suave cubrió mis ojos, bloqueando la luz, y aseguró la banda elástica sobre mi cabeza.

Se me aceleró el aliento.

No pude evitarlo.

Él estaba en lo correcto.

A una parte de mí le preocupaba haberme metido demasiado profundo.

Yo había querido esto.

Pero una vez que mi control desapareció, mis nervios volvieron y tuve miedo.

No necesariamente de Harry, sino de lo que haría ... o no haría.

Parecía haber hecho esto antes.

¿Qué pasaría si no estoy a la altura de sus expectativas?

CAPÍTULO III

Lo que nos trajo de vuelta a mí acostada en la cama, completamente desnuda, con los ojos vendados y las manos atadas a la cabecera.

Harry estaba sentado o parado en otra parte de la habitación escuchando repeticiones de Ley y Orden.

Dudaba mucho que estuviera viendo la televisión.

Realmente podía sentir sus ojos en mí.

Y no era esa sensación incómoda cuando uno sabe que alguien lo está mirando y se pregunta por qué y luego mira nerviosamente a su alrededor tratando de localizar al culpable.

En cambio, sentía que el calor se extendía por mí, contenta de que me encontrara digna de mirar.

Pasaron varios minutos, la serie se fue a un comercial, y en el fondo, escuché el claro clic de la puerta de la habitación del hotel abriéndose y cerrándose.

"¿Harry?"

No hubo respuesta.

Traté de no entrar en pánico, pero no pude evitar tirar de mis restricciones.

No escuché a nadie más en la habitación, lo cual era algo bueno.

Pero aun así...

Mis pensamientos me estaban superando cuando escuché que la puerta se abría de nuevo.

Contuve el aliento, oí el tintineo de hielo en un vaso y el silbido de una lata de refresco que se abría.

El calor de otro cuerpo rozó mi costado derecho, y la cama se hundió por el peso de alguien sentado.

Jadeé cuando una fría palma rozó mi pezón derecho.

"¿Me extrañaste?"

Solté un suspiro entrecortado, aliviado al escuchar la voz de Harry.

"¡Dime algo la próxima vez que te vayas!"

"Lo siento. No quise asustarte".

Sus labios rozaron los míos.

Olí la cola en su aliento.

Nuestras lenguas flirtearon por un momento, y luego se recostó.

"¿Deberíamos empezar?"

Sonreí, relajándome contra las almohadas.

Lo escuché dejar su vaso, y luego comenzó a hurgar debajo de mi cabeza, bajando el edredón y las mantas.

Se me erizó la piel, poniéndoseme de gallina, cuando sus manos rozaron contra mi cuerpo.

Ayudé tanto como pude en mi posición levantando mi cuerpo.

Cuando estaba ya acostada solo sobre las sábanas frías, el peso de la cama cambió nuevamente y la televisión se quedó en silencio.

"No puedes ver nada, ¿verdad?"

Incliné mi cabeza hacia delante, hacia ambos lados, y luego me relajé nuevamente.

"No, nada."

"Entonces disfruta. Y ni una palabra".

Asentí y flexioné mis muñecas y dedos.

Sabía que me estaba mirando de nuevo, y el calor se acumuló entre mis piernas.

Moví mis caderas, moví los dedos de los pies y luego giré los tobillos.

Cualquier cosa con tal de mantenerme distraída.

Mis labios se secaron de repente y me los lamí, tragando y encontrando mi boca seca también.

Me obligué a respirar normalmente, escuchando cualquier indicio de lo que podría estar haciendo.

El aire acondicionado se apagó, y luego solo escuché su respiración uniforme.

Pero, aun así, no me tocó.

Después de varios minutos más, mis músculos se relajaron y mis piernas se abrieron ligeramente.

Se le cortó la respiración y sonreí.

Me preguntaba si se estaba masturbando, pero seguramente habría escuchado alguna indicación de eso.

Iba a preguntarle si todo estaba bien cuando lo sentí.

Fue un toque muy ligero, directamente sobre mis dos pezones.

Gemí cuando se endurecieron.

La sensación se movió hacia abajo, siguiendo la curva debajo de mis senos y hacia los lados.

Definitivamente era una pluma, la plenitud rozando mi piel como las yemas de los dedos más suaves.

Se movió sobre mi abdomen, delineando mis costillas, rodeando mi ombligo.

Mis caderas se sacudieron cuando la punta rozó la zona de la ingle, donde mi pierna se unía a mi cuerpo.

Me estremecí, arrullando.

Repitió el movimiento, moviéndose sobre mi cadera y lentamente hacia atrás nuevamente, siguiendo la línea de mi pelvis.

Me estaba retorciendo cuando pasó la parte plana de la pluma por la parte superior de mi muslo izquierdo.

Se me volvió a erizar la piel de gallina y abrí más las piernas, usando mis pies para ganar fuerza contra la cama para empujar hacia arriba.

Harry se rio entre dientes.

"Paciencia, Deb".

Pero él deslizó la pluma a lo largo del interior de mi muslo, bajando debajo de mi rodilla y pantorrilla.

Me reí cuando me hizo cosquillas en la parte inferior de mi pie.

Se cambió para trabajar en mi lado derecho.

Podía sentir el calor de su cuerpo inclinándose sobre mis piernas.

La pluma trazó el mismo patrón de la otra pierna, pero hacia atrás.

Desde mi pie hasta mi pantorrilla, debajo de mi rodilla y sobre mi muslo, a través de mi pelvis y mis costillas.

Arqueé la espalda y gemí suavemente cuando mis pezones rozaron la manga enrollada de su camisa.

"¡Oye, no hagas trampa!"

Sonreí y lamí mis labios, pero me comporté y me recosté.

Se apartó y sentí que se movía sobre mi cabeza.

La pluma trazó la parte inferior de mi brazo derecho hasta mi muñeca y rozó mis dedos.

Dibujó círculos en mi palma abierta antes de volver a bajar por mi brazo.

La punta barrió mi hombro, bajó por mi clavícula y cruzó mi garganta.

Incliné mi cabeza hacia la izquierda contra la almohada y suspiré cuando trazó diseños en mi cuello y me provocó la oreja.

Cuando deslizó la pluma debajo de mi barbilla, incliné mi cabeza hacia el otro lado y suspiré nuevamente mientras repetía los mismos movimientos en todo mi cuello, sobre mi hombro y en mi brazo y mano izquierdos.

Moví mis dedos, la pluma deslizándose entre ellos.

Se puso de pie, dejando que mi cuerpo suplicara.

Mis dedos se apretaron, haciéndose eco de las constricciones, profundamente dentro de mí.

Lamí mis labios nuevamente, sintiendo que mi corazón latía con fuerza.

Afortunadamente, no se fue mucho tiempo.

Una nueva sensación, supongo que un pañuelo de seda, rozó las yemas de mis dedos y bajó por los dos brazos al mismo tiempo.

Me cubrió la cara, deslizándose lentamente por la nariz y la boca para cubrirme el cuello.

Cuando llegó a mis senos, me arqueé, gimiendo.

Lo frotó de un lado a otro sobre mis pezones doloridos.

Luego el pañuelo acarició mi abdomen y mis caderas, rozando brevemente mi pelvis en su camino hacia mis muslos y pies.

Repitió el proceso a la inversa, cuidando de detenerse en las áreas en la que hacía gemidos de placer.

Y luego el pañuelo se fue tan rápido como apareció.

Escuché a Harry hurgando en una bolsa de plástico, y luego estaba de nuevo acostado en la cama a mi lado.

Hubo un chasquido que sonó como una tapa de plástico.

Jadeé cuando algo frío cubrió mi seno izquierdo.

Su lengua lamió mi pezón antes de chuparlo en su boca.

"¡Ohh!" Me arqueé hacia él, y él obedeció arrastrando su lengua por todo mi pecho, su mano ahuecada y apretándola.

Cuando aparentemente lamió mi seno izquierdo, se movió para acostarse sobre mi lado derecho y repetir el proceso.

Podía sentir el calor palpitar dentro de mí, rogando que me tocaran, y lloriqueé.

"Lo sé, Deb. Lo sé". Apretó mi pecho derecho y extendió la mano para besarme, sumergiendo su lengua en mi boca. "Mmm".

Probé chocolate y gemí con él.

Me besó en la barbilla y el cuello, acariciando mi hombro.

Una corriente fría de chocolate cayó sobre mis labios, y lamí hambrientamente.

Su dedo presionó entre mis labios, y lo chupé profundamente en mi boca, limpiándolo también de chocolate.

Entonces la frialdad me recorrió la barbilla y la garganta.

Continuó a través del escote entre mis senos y rodeó mi ombligo.

Le siguió lentamente su lengua y sus labios, haciéndome temblar de excitación.

Los colchones chirriaron cuando él se alejó, y luego escuché agua corriendo en el baño.

Regresó un minuto después, pasando lentamente una toallita tibia sobre mi cuello, mis senos y mi estómago.

El cambio de temperatura me hizo jadear y mi cuerpo se onduló.

Se recostó sobre mi lado izquierdo nuevamente, su mano extendida sobre mi abdomen.

Me masajeó por un momento, su boca cubrió mi pezón izquierdo, mordisqueando y chupando suavemente.

Intenté agacharme para pasarle los dedos por el pelo, pero mis manos no lo pudieron alcanzar, recordándome que estaba contenida.

Me aferré al aire en su lugar, tratando de presionar mi costado contra él.

Su mano se deslizó hacia arriba y ahuecó mi pecho.

Lloré por el repentino mordisco de un cubito de hielo frotándose contra mi pezón.

Me aparté, pero no había a dónde ir.

El agua fría goteaba por mi pecho, el hielo lentamente rodeaba mi pezón.

Me dolía, pero el dolor repentino se volvió entumecedoramente agradable y sentí que el calor aumentaba una vez más entre mis piernas.

Gimoteé, tratando de alejarme ahora, apretando los puños.

"Shh. Shh".

Su mano libre volvió a presionar contra mi estómago, sosteniéndome contra la cama mientras chupaba mi pezón entumecido, lamiendo el agua.

Se apartó, y una toalla tibia cubrió mi tembloroso pecho.

Debería haber estado lista para que él se moviera a mi seno derecho, pero el cubo de hielo helado en él todavía me sorprendió.

Grité, y una vez más, estaba gimiendo y alejándome, independientemente de sus intentos de calmarme.

El dolor agudo regresó, apretando mi pezón, adormeciendo la piel a su alrededor.

Cuando el hielo se derritió, su boca lamió y succionó el agua, y luego la toalla me calentó el pecho.

Mi cabeza estaba borrosa ahora.

No podía creer lo excitada que estaba, aún más desde el tratamiento con hielo.

Me sentí un poco culpable de haber disfrutado el breve dolor.

El placer resultante era asombroso.

Me alegré de que Harry me hubiera atado las muñecas.

Estaba segura de que habría tratado de detenerlo si hubiera tenido la posibilidad.

¿Cuánto tiempo llevamos en esto, de todos modos?

Mis pensamientos volvieron al presente cuando el hielo se deslizó entre mis senos.

Grité y me arqueé.

Harry atrapó mis costados en sus manos, sosteniéndome contra él mientras arrastraba el hielo hacia arriba y hacia abajo por el centro de mi cuerpo con su boca, mis pechos rozando sus mejillas.

Sentí el agua acumularse en mi ombligo, derramándose sobre mis caderas.

No pensé que mi cuerpo pudiera dejar de temblar.

Cuando el hielo desapareció, su lengua lo reemplazó, lamiendo mi piel que ahora chisporroteaba bajo la capa fría del hielo y el agua.

Sus manos se movieron para ahuecar mis pechos, apretándolos mientras acariciaba el escote en el medio.

Me tomó un momento darme cuenta de que estaba acostado entre mis piernas.

Al instante levanté las rodillas hacia sus caderas.

Se sentía tan bien acurrucado contra mí donde más necesitaba ser tocada.

Suspiré, por el calor de su duro bulto evidente a través de sus pantalones.

Su risa profunda vibró a través de mi pecho.

"Está bien. Capto la idea".

Me soltó y se arrastró lejos de mis piernas.

Me quejé ante la repentina ausencia, pero su mano en mi cadera calmó mi retorcido cuerpo.

Sus dedos se abrieron paso entre mis rizos y mi piel caliente.

Suspiré.

Mis piernas se abrieron de nuevo.

Uno de sus dedos se presionó contra mi resbaladiza raja, tocando brevemente mi clítoris.

Arrullé, abriendo más las piernas.

Lentamente acarició su palma sobre mis labios exteriores.

De vez en cuando, mojaba su dedo, arrastrándolo de un extremo al otro, haciéndome jadear.

Su mano se detuvo, ahuecando mi montículo, y dos dedos presionaron, extendiendo los labios hinchados.

Contuve el aliento cuando su pulgar rodeó mi clítoris.

Y luego un dedo se deslizó más abajo.

Él jugó con eso, trazando el borde de mi deseoso agujero antes de moverse para rozar las paredes de mis labios internos.

Mis caderas se sacudieron, tratando de obligarlo a bajar y a dentro de mí.

Su mano libre presionó mis caderas hacia la cama, y luego estaba acariciando completamente mi coño.

El talón de su mano descansaba contra mi hueso pélvico mientras sus primeros tres dedos se deslizaban hacia abajo, bajando por el valle, y acurrucándose para rozar mi clítoris.

Una y otra vez.

Fue una sensación exquisita, finalmente hacer que me tocara, aliviando un poco la presión que sentía.

Mis manos se apretaron, mi cuerpo arqueándose, luchando por liberarse.

Gruñí, tirando mi cabeza hacia atrás sobre la almohada cuando empujó dos dedos gruesos dentro de mí y luego me chupó el pezón entre los dientes.

Su mano se aceleró, presionando con fuerza y profundidad.

La tensión en mi vientre aumentó, y apreté mis muslos alrededor de su mano, gritando.

Su mano se detuvo, pero sus dedos se siguieron moviendo, aún enterrados entre mis piernas.

Me chupó el pecho mientras yo cabalgaba hacia mi primer clímax.

Cuando recuperé el aliento después de correrme, él se alejó.

Lo escuché buscar en la bolsa nuevamente, y luego estaba acostado entre mis piernas, extendiendo mis muslos.

Mi respiración se aceleró nuevamente cuando sentí que extendía algo cremoso y frío sobre mi coño.

Me estremecí y chupé mi labio inferior, incapaz de evitar que mis caderas se arquearan hacia él.

Sus dedos rozaron el interior de mis muslos, y luego presionó con un dedo, deslizándolo en mi coño de arriba a abajo.

Tragué saliva y respiré hondo solo para que deslizara su dedo en mi boca.

Mis labios se cerraron alrededor de su dedo.

Gemí al sabor de crema batida con un toque de mis propios jugos sexuales.

Mientras chupaba su dedo, él lo acariciaba dentro y fuera, imitando lo que ya había hecho antes abajo.

No era difícil pensar en él haciendo eso con algo más que sus dedos.

Solo pensar en el hecho de que él había cubierto mi coño con crema batida, y muy probablemente adivinar el porqué, según la experiencia reciente con el chocolate, me hizo jadear.

Ya había jugado conmigo más veces de las que podía contar.

Y aunque ya había tenido muchas experiencias nuevas esta noche, nunca imaginé a un chico lamiéndome allí abajo.

Sentí que se sentaba en la cama, sin tocarme.

Él gruñó, largo y bajo.

Era el sonido más sexy que jamás había escuchado, y no pude evitar repetirlo.

La capa inferior de la crema batida comenzaba a derretirse y goteaba alrededor de mi clítoris.

Me moví, gimiendo suavemente cuando él presionó más crema batida entre mis labios.

Me había puesto crema de afeitar allí antes cuando intenté afeitarme el coño, y la sensación ahora era igual de erótica, aplastando y acariciando mi piel sensible.

"Nos estamos poniendo un poco luchadores, ¿no?"

Hice un sonido ininteligible de impaciencia, y él se echó a reír.

Me encantó su risa tanto como su gruñido sexy.

Luché por tragar, amando lo que me estaba haciendo mental y físicamente, a pesar de mi frustración intermitente.

Harry pasó sus dedos sobre mi pecho izquierdo, a lo largo de la curva pesada debajo, sobre el suave oleaje en la parte superior, delineando la areola.

Él ahuecó y masajeó mi pecho.

Su pulgar e índice me pellizcaron el pezón.

Me mordí el labio para evitar gritar.

Frotó suavemente la protuberancia dura de un lado a otro y luego aplastó su palma contra ella, aliviando el dolor agudo.

Su mano se deslizó por el escote en el medio y rozó mi seno derecho.

Sus dedos volvieron a tocarme, electrificando mi piel, enviando fuego nuevo entre mis piernas.

Cuando me pellizcó el pezón, rodé hacia él, deseando que volviera a poner la boca sobre él.

"Muy sensible."

Su aliento rozó mi mejilla, su lengua recorrió mi mandíbula, y luego estaba haciendo realidad mi deseo.

Sus labios se cerraron sobre mi pezón y succionaron suavemente el dolor agudo que había creado.

Me balanceé de un lado a otro, gimiendo.

Sentí la crema batida pegada a mis muslos ahora, y me pregunté si lo había olvidado.

No quería que dejara de lamerme el pecho, pero de repente lo quería abajo.

Quería saber qué se siente tener su lengua burlándose de mí allí, tal como lo estaba haciendo con mi pezón.

Lo que se sentiría al tener la punta de su lengua presionando dentro de mí, sus dientes mordiendo mi piel resbaladiza.

Él pasó la parte plana de su lengua sobre mi pezón nuevamente y luego se deslizó por mi cuerpo, besando y mordisqueando y lamiendo cada centímetro de mi piel en el camino.

No tardando, estaba recostado entre mis piernas.

Besó mis caderas y luego arrastró su lengua por el cruce entre mis piernas y la pelvis.

Añadió una nueva capa de crema batida, y luego sus brazos se envolvieron debajo de mis muslos y los separó.

Gemí, mi cuerpo se convulsionó ligeramente.

Sentí su aliento caliente contra mis suaves rizos.

Lloré cuando su lengua salió y tocó mi clítoris.

Abrí más las piernas y él levantó mi coño desnudo más cerca de su boca.

Su lengua me lamió otra vez, y yo gemí de alivio.

Sus dedos masajearon mis muslos mientras lamía más profundamente a lo largo de mi coño.

Escuché el suave sonido de su lengua lamiendo la mezcla de mi humedad y la cobertura de crema extendida.

Su lengua estaba en todas partes, sin perder ninguna grieta.

Fue un proceso lento y tortuoso, y recé para que no se detuviera pronto.

Me dejé llevar, mis caderas se sacudieron debajo de su boca.

Cuando me chupó el clítoris, volví a gritar.

Cuando presionó la punta de su lengua contra mí, gemí.

No podía tener suficiente de él.

Y quería tocarlo más que nunca.

Maldije mis restricciones ... y aun así elevaron el nivel de excitación al mismo tiempo.

Nunca había tenido tanta variedad de sentimientos corriendo a través de mí de una vez.

Me vine por segunda vez cuando su dedo se deslizó dentro de mí otra vez.

Me acarició a través de mi orgasmo, su boca aún se aferraba a mi clítoris, su aliento caliente se mezclaba con mi propio calor y humedad.

Estaba bajando de mi clímax cuando sentí el cubo de hielo y grité.

Lo había empujado dentro de mí, y el agua fría corría entre mis nalgas.

Sus dedos presionaron, sosteniendo el hielo en su lugar, dejando que mi calor lo derritiera.

Sentí mis músculos apretarse alrededor de sus dedos, y lentamente los acarició dentro y fuera al mismo tiempo que mis gritos.

Otro cubo de hielo se unió a la escena, esta vez contra mi clítoris.

Caí en otro orgasmo, mi cabeza rodando de un lado a otro entre mis brazos levantados, sintiendo el hielo y sus dedos acariciándome.

Su boca volvió a lamer mi coño mientras yo me retorcía debajo de él.

De alguna manera, mis dedos lograron agarrar la almohada.

Creo que grité algunas maldiciones porque Harry se rió entre dientes y dijo algo sobre mí como 'eres una chica mala', el sonido vibrando contra mi piel.

Finalmente, me ofreció algo de alivio y se alejó, bajando mis piernas hacia la cama.

Estaba jadeando, mis ojos apretados.

Mi cuerpo se sentía en llamas, como si nada de lo que había hecho hasta ahora lo hubiera satisfecho por completo, y sin embargo me sentía exhausta.

Su boca cubrió la mía.

Logré encontrar la fuerza suficiente para devolverle el beso, saboreando y oliendo mi propio almizcle dulce en sus labios.

CAPÍTULO IV

Debo haberme quedado dormida, porque mi siguiente pensamiento fue preguntarme por qué estaba acostada boca abajo, sobre mi estómago.

Mis muñecas todavía estaban atadas a la cabecera de la cama, sobre mi cabeza.

Todavía tenía los ojos vendados y todavía estaba desnuda, pero me había dado la vuelta.

Suspiré, sintiendo mis senos presionarse contra la sábana tibia, mi rostro acurrucado en una almohada que yacía entre mi cabeza y mis brazos.

Podía alcanzar los listones de madera en la cabecera ahora.

Los agarré ligeramente, oliendo mi sudor y perfume en la almohada.

Estaba a punto de llamar a Harry cuando sentí líquido tibio en mis omóplatos, y luego la sensación de manos extendiendo el líquido sobre mi piel.

Olía a lavanda.

"Bienvenida de nuevo, Deb. Te tomaste una pequeña siesta". Se inclinó y besó mi mejilla. "Aproveché la situación y te recoloqué. ¿Te sientes bien? ¿Te duelen los brazos?"

Sonreí y murmuré:

"No, estoy bien".

"Bueno."

Me besó de nuevo y luego comenzó a masajearme la espalda y los hombros.

Sus dedos se deslizaron por la piel debido al aceite.

Sus manos presionaban suavemente y tiraban de mis músculos, atrayendo gemidos y suspiros desde lo más profundo de mí.

Me habían dado varios masajes antes, pero ninguno había sido tan sensual.

Me excitó más de lo que realmente aliviaba cualquier tensión acumulada.

Sus dedos se movieron hacia la base de mi cabeza, masajeando mi cuero cabelludo y detrás de mis orejas.

Respiré lentamente, recordando dónde más me habían masajeado esos dedos.

Cuando terminó con mi cuello, levantó sus brazos hacia mis manos.

Nuestros dedos se entrelazaron, manchados de aceite.

Apretó mis manos y volvió a bajar a mi espalda y costados.

Me estremecí cuando sus dedos rozaron mis senos, frotando el aceite alrededor de mi pecho donde sus dedos podían alcanzar.

Estaba gimiendo ahora, sintiendo el peso de su cuerpo entre mis piernas, presionando contra mi trasero.

Me estremecí cuando sentí su bulto endurecerse, pero él retrocedió, trabajando en mis piernas ahora.

Gimoteé, enterrando mi cara en la almohada para amortiguar el sonido.

Terminó con mis pies y lentamente deslizó sus manos por la parte posterior de mis piernas, sobre mi trasero, presionando a lo largo de la parte posterior de mi cintura, caderas y por mis costados.

Sus dedos rozaron los lados de mis senos nuevamente, y luego se tumbó sobre mí, su boca contra mi cuello.

Me apartó el pelo y me mordisqueó el lóbulo de la oreja derecha, haciéndome gemir.

Suspiré y moví mi trasero contra él, sintiendo su dureza latir a cambio.

No quería rogar, y había acordado no decir nada, pero estaba caliente y molesta a pesar del masaje.

Necesitaba más.

"¿Harry?" Gimoteé y me arqueé de nuevo.

"¿Sí, Debbie?"

Sonaba divertido.

Como si estuviera esperando esto.

Se presionó contra mí.

Gruñí.

"¿Por favor?"

Me lamió el cuello.

"¿Por favor qué?"

"Por favor..."

"¿Hmm?" Se puso de pie, escuché el susurro de la ropa, y luego se sentó a mi lado, su muslo desnudo contra mi hombro.

Su mano acarició mi espalda baja, acariciando mi trasero.

"¿Qué quieres, Deb?"

No pude respirar por un momento, sabiendo que su polla estaba allí.

Gimoteé y luego me mordí el labio inferior.

"Déjame verte."

Me quitó la venda y tuve que parpadear varias veces para adaptarme a la luz.

Observé su hombro desnudo y un tatuaje de alambre de púas que rodeaba su bíceps izquierdo.

Mis ojos se movieron hacia abajo, y sentí algo profundo dentro de mí retorcerse de deseo cuando vi su polla, dura y gruesa sobre su muslo.

Me señalaba directamente, la cabeza roja y brillante.

Contuve el aliento y volví la cara hacia la almohada, agarrando los listones de la cabecera de nuevo.

"¿Eso es todo?" Su mano se movió más abajo, acariciando el interior de mis muslos.

Me retorcí, gimiendo.

"No."

"¿Qué más quieres, Deb?" Su voz era más suave, más ronca.

Me obligué a tragar y cerré los ojos.

"Tú. Te quiero a ti. Por favor".

"¿Así?" Sus dedos se deslizaron entre mi humedad, frotándose contra mi clítoris.

Jadeé, mis ojos se abrieron de golpe.

De alguna manera, logré encontrar mi voz nuevamente.

"Quiero más."

Él me acarició lentamente.

Sus dedos se hundieron dentro de mí.

"¿Así?"

"Quiero más."

Luché por poner las rodillas debajo de mí, abrir más las piernas y sentirlo más profundo.

"¿Qué tal esto?" Su voz era un susurro caliente en mi oído.

Gimoteé cuando lo sentí presionar su polla contra mí, acariciándola de un lado a otro entre mis labios exteriores.

"¡Oh, por favor, sí!"

"¿Qué quieres que haga después, Deb?"

Mi lengua se congeló.

Solo pensaba cosas sucias en mi cabeza.

Nunca me había imaginado diciendo tales palabras en voz alta.

Hasta ahora.

Pero no podía decirlas.

Simplemente no podía ...

Se inclinó sobre mi espalda, su polla descansando entre mis nalgas, y me susurró al oído:

"¿Quieres que te folle, Debbie? ¿Quieres que lo haga realmente lento?"

Me ahogué y luego asentí con tanta furia que me dolió el cuello por el esfuerzo.

Se rió entre dientes, se sentó de nuevo y agarró mi cadera izquierda con su mano fuerte.

Lo sentí mover su polla hasta que descansó entre mis labios exteriores.

La presión aumentó.

Todo mi cuerpo se tensó.

Había jugado con juguetes muchas veces, así que estaba acostumbrada al tamaño de su polla.

Pero solo había imaginado cómo sería sentirla real dentro de mí.

A pesar de estar excitada y dilatada, todavía me preocupaba el dolor.

Él empujó mis rodillas con las suyas, y éstas se deslizaron aún más en las sábanas.

Presionó de nuevo, y esta vez entró.

Me atraganté de nuevo, enterrando mi cara en la almohada, fingiendo que eran sus dedos en lugar de su polla para poder relajarme.

Y tal como lo prometió, muy lentamente, centímetro a centímetro, entró en mi coño caliente y húmedo.

No podía creer la sensación.

No hubo dolor.

En cambio, había un calor fuerte y palpitante.

Y placer.

Oh ¡que placer!

Pensé que nunca se detendría, y luego lo hizo, y los dos nos quedamos muy quietos.

"¿Estás bien, Deb?"

Una mano todavía sostenía mi cadera

La otra acariciaba la parte baja de mi espalda.

Me las arreglé para decir "Sí".

Solo podía imaginar nuestra escena erótica: yo a cuatro patas, mis muñecas atadas a la cama, mi trasero levantado hacia él.

Él arrodillado detrás de mí, su polla enterrada profundamente dentro de mí, sus manos en mis caderas.

Los temblores me recorrieron.

Nunca me había imaginado sumisa ... hasta esta noche.

Él comenzó a retroceder.

Se abrió paso lentamente, un poco afuera, nuevamente adentro; salió un poco más, todo el camino de regreso, hasta que se deslizó para que solo la cabeza de su miembro permaneciera adentro.

Era una experiencia impresionante, y solo pude soltar pequeños jadeos de placer mientras se movía.

Sus dos manos agarraron mis caderas ahora, y lentamente me folló dentro y fuera, balanceando mi cuerpo hacia adelante y hacia atrás contra él.

Se puso a ritmo, y me encontré moviéndome igual por mi propia voluntad.

Cuando él presionó hasta el fondo, haciendo una pausa para dar un empujón extra profundo, enterrando sus bolas contra mi trasero, gemí más fuerte.

Perdí la noción del tiempo, solo disfrutando de las sensaciones:

Sus manos sobre mi cuerpo.

Su polla dentro de mí.

El sonido sordo de él deslizándose en mi coño.

Mi corazón latía en mi cabeza.

Nuestra respiración pesada.

No sé si dijo algo, pero estaba tan concentrada en la creciente presión dentro de mí que no creo que lo hubiera escuchado si lo hubiera hecho.

No había aumentado su velocidad en todo momento.

Así se intensificó toda la experiencia, ganó el placer.

Se movió ligeramente, posiblemente para aliviar la presión sobre sus rodillas.

No importaba por qué lo hizo, pero también se movió adentro y grité, dándome cuenta de que había golpeado mi punto G.

Hizo una pausa en su retirada.

"¿Debbie? ¿Te lastimé? ¿Estás bien?"

"¡Ahí!" Fue todo lo que pude decir, me quedé sin aliento en la garganta, instándolo en silencio a continuar.

Agarré los listones de la cabecera y traté de empujar contra él, pero sus manos me detuvieron.

Empujó hacia adelante, y grité cuando lo golpeó de nuevo.

"¡Ahí!"

"Ah. Lo tengo, Deb. Lo tengo".

Y él lo hizo.

Una y otra vez, se deslizó profundamente en ese lugar perfecto.

El borde se acercaba cada vez más.

Y luego me volqué, gritando todo el camino.

Me desplomé contra la cama, pero él continuó acariciando, susurrando palabras de aliento.

Apenas entendía lo que decía, pero su voz profunda era reconfortante.

Sentí sus manos apretarme más fuerte.

Sus caderas se estrellaron contra mi trasero, una corriente caliente me entró en lo más profundo, lloré con él, y luego nos quedamos quietos.

Sorprendentemente, comenzó a acariciarme nuevamente, tan lento como antes, y conseguí otro orgasmo.

Mientras me sacudía debajo de él, Harry extendió la mano por encima de mí y desató mis muñecas.

Me caí de lado.

Me empujó hacia atrás contra su pecho, todavía dentro de mí.

Se me saltaron las lágrimas cuando una de sus manos cubrió mi pecho y me acarició.

Su otra mano cayó para ahuecar mi montículo, sus dedos se deslizaron entre mis muslos para frotar mi clítoris.

Y me vine por quinta vez.

En algún momento, aparté sus manos.

Sentí su polla salirse de mí y recostarse contra mi pierna.

Esparció besos a lo largo de mi omóplato y me sostuvo en la posición de cuchara contra él.

Cuando regresé a la realidad y recuperé el aliento, me di la vuelta para mirarlo.

Sus brazos me envolvieron y me acercaron.

"No usamos el jacuzzi", murmuré contra su hombro.

"¿Qué, no hay suficiente placer para una noche?" Él se rió entre dientes y presionó sus labios contra mi frente, cepillando mi cabello detrás de mi oreja. "La salida de la habitación no es hasta el mediodía de mañana. Así que tenemos tiempo de sobra".

Incliné mi cabeza hacia atrás para poder mirarlo a los ojos oscuros.

Parecían pesados, tan somnolientos como los míos.

Me las arreglé para ocultar mi bostezo con una sonrisa.

"Bien, porque me falta mi venganza y soy una perra".

FIN